Fest in Gedanken

Eine Geschichtensammlung

Fest in Gedanken

Eine Geschichtensammlung

Autor: Andrea Beyl

Herausgeber: Books on Demand GmbH

Bibliografische Information der Deutschen Nationalbibliothek: Die Deutsche Nationalbibliothek verzeichnet diese Publi-
kation in der Deutschen Nationalbibliografie; detaillierte bibliografische Daten sind im Internet über dnb.dnb.de abruf-
bar.

Copyright: © 2022 Andrea Beyl
Herstellung und Verlag: BoD – Books on Demand,
Norderstedt
ISBN: 9783755748946

Inhaltsverzeichnis

Gedankenwurst und Sprechschinken

Ich wurde mit physischer und psychischer Gewalt gebrochen.

Ich wurde wie ein Tier behandelt, wurde zur Strafe mehrfach zu den Schweinen, Gänsen und Hühnern in den Stall zum Essen geschickt, weil ich beim Essen versehentlich geschmatzt habe. Tags darauf in der Schule sprachen mich Mitschüler auf meinen Geruch nach Mist und Stall an. "Ich habe heute früh bei uns im Stall ausgeholfen", war immer meine Antwort. Ich wurde mit Gegenständen beworfen und geprügelt, weil ich nicht wusste wie ich reagieren geschweige denn antworten sollte, als mir suggestive Fragen gestellt wurden.

Ich wurde wochenlang zu Hause eingesperrt, weil ich keine guten Noten nach Hause brachte. Anstelle meiner ersten sexuellen Erfahrungen in den Sommerferien zu machen, verbrachte ich die Ferien mit Schulaufgaben oder mit dem Lesen von Fachbüchern aus dem Bereich Physik und Chemie, da ich mich auf das kommende Schuljahr vorbereiten sollte. Kein "Bonding" war möglich. Einen Freundeskreis besaß ich nicht.

Damit ich nicht abgelenkt werden würde, war mein Arbeitszimmer die Toilette. Wochen durfte ich nichts anderes machen. Das Essen wurde mir zur Toilette gebracht. Nur zum Schlafen durfte ich die Toilette verlassen und in mein Zimmer zurückkehren.

Man missbrauchte meine jüngere Schwester, während ich tatenlos zusehen musste und ohnmächtig einem Erwachsenen ausgeliefert war, der mich bei jeder sich bietenden Gelegenheit verprügelte. Der Anblick seines Halbsteifen und wie er kichernd mit rotem Kopf mit meiner deutlich jüngeren Schwester im Bett "tobte", widert mich noch immer an. Mir wird schlecht vor Wut.

In einer nie anhaltenden Phase der Selbstreflexion komme ich immer mehr zu der Erkenntnis, dass ich gebrochen bin.

Ich war 10 Jahre einem Sadisten ausgeliefert, der es liebte, kleine Jungen zu quälen und kleine Mädchen anzufassen. Häufig kam ich mit roten oder blauen Handabdrücken im Gesicht zur Schule. Ich antwortete immer "Mein Stiefvater hat etwas zusammengebaut und ist dabei mit seiner Hand abgerutscht". Eine Klassenkameradin hat mir das nicht geglaubt 8und mit Sicherheit auch viele andere) und hat mich ausgefragt. Sie wusste was los war, aber ich habe sie abgewiesen. Ich habe mich geschämt und war wütend. Ich glaube, ich war wütend auf mich selbst und habe mich geschämt, weil ich so schwach war.

Natürlich war ich nicht schwach. Ich war ein 13-jähriger Junge, der unterernährt und völlig eingeschüchtert war.

Ich hatte Angst.

Ich habe noch immer Angst vor früher.

Bei gefühlter Minderleistung oder eingebildetem Versagen, bricht für mich immer wieder eine Welt zusammen. Ich bekomme Angstzustände, verstecke mich Zuhause im Wohnzimmer, trinke zu viel Alkohol und tauche hinab in das Internet, welches mich vor der bösen Welt dort draußen so schön abschirmt. Ich ging nicht mehr zur Schule, versteckte mich in Bahnhöfen und schlief in verwinkelten Gassen, damit der Tag vorübergeht und ich so zur normalen Uhrzeit / nach Schulschluss Zuhause ankam, damit niemand etwas bemerkte.

Später, während meiner beruflichen Ausbildung, versteckte ich mich immer in meinem Auto. Früh morgens, vor Beginn der Berufsschule, fuhr ich pünktlich von Zuhause los. Mein Weg führte mich immer zu einer bestimmten Autoraststätte, wo ich nicht so auffallen würde, wenn ich in meinem Auto schlief.

Versagensängste, kleinste Fehler in bildungsrelevanten Institutionen (Schule, Seminare, Fortbildungen usw.), lösen in mir körperliche Reaktionen aus, die mich an früher denken lassen.

Ich bin offenherzig, aber trage Narben in meinem Herzen, die nie verheilen werden.

Ich bin sehr liebend.

Ich habe so viel Liebe zu geben.

Ich versuche alles besser zu machen, als wie es mir beigebracht wurde.

Ich denke, ich schlage mich ganz gut.

Ich bin nur für mich alleine traurig.

Ich bin nur für mich alleine wütend.

Ich bin immer höflich.

Ich lache viel und gerne.

Ich will das alles vergessen.

Ich möchte nicht immer traurig sein.

Meine guten Tage werden seltener.

Meine schlechten Tage werden immer mehr.

Ich fühle mich alleine auf dieser Welt, aber eigentlich bin ich nicht alleine.

In einer anderen Zeit

"Die Zusammenkunft unterschiedlichster Nationalitäten, ohne Vorurteile und Konflikte, welche durch Rassismus ausgelöst wurden. Der Anlass war die Zuwanderung zig-tausender Gastarbeiter. Sie strömten zu Zechen und viele andere Unternehmen, wie Volkswagen oder auch Ford. Die großen Unternehmen erbauten Häuser, in denen sich die Gäste einquartierten, ihre Familien versorgten und ein Leben ohne Vorurteile führen konnten. Türken, Italiener, Albaner, Deutsche, Polen, Russen und viele andere, lebten Tür an Tür, atmeten den Kohlestaub ein, welcher ihre Lungen nachhaltig zerstörte, sprengten Schächte und bewegten Maschinen, die deren Familien ein würdevolles und erfülltes Leben ermöglichte. Viele meiner Freunde sind schon tot, weil der Staub der Zeche gnadenlos die Lunge zerfrisst. Ich kann schon lange nicht mehr richtig atmen und mir schmerzt die Brust. Wenn ich den Schmerz fühle weiß ich, dass es bald an der Zeit für mich ist. Es macht mich traurig, weil ich nicht sterben möchte. Es macht mich aber auch glücklich, weil ich meiner Familie ein wundervolles Leben schenken konnte, was wir auf Sardinien niemals so gehabt hätten."

- Emilio Ibba (1936-2021)

Ein unsichtbares Phantom

Als an einem Freitagnachmittag meinem Ort so stark geschneit hat, bin ich schwer gestürzt. Ich rutschte auf dem hohen Schnee aus. Ich schlug mit meinem Kopf an mein Fahrzeug und rappelte mich wieder auf, ohne irgendein Gedanken an den Vorfall zu verschwenden.

Etwa 1,5 Stunden später bemerkte ich, dass meine gesamte linke Körperhälfte, ab Brusthöhe bis zu den Füßen hinunter, sehr taub war und stark kribbelte.

Massive Fehl-/Missempfindungen bei Temperaturen und Berührungen, sowie das Gefühl in einem dicken Wollpullover gekleidet zu sein, kamen hinzu. In meiner Mobilität war ich nicht eingeschränkt und wertete die Situation als "Pech gehabt" ein.

Als die Symptome immer schlimmer wurden und ich am Sonntag überhaupt nichts mehr spürte, entschied ich Dr. Kalbe, seines Zeichens Arzt in einem Gelenkzentrum, am Montagmorgen aufzusuchen und nach seiner Einschätzung zu fragen. Ich vermutete eine Quetschung oder Prellung eines Nervens in meinem Nacken, das sich mit Tabletten und/oder Salben recht schnell behandeln lassen würde.

Herr Dr. Kalbe und eine andere Ärztin (dessen Name mir gerade entfallen ist) ließen eine Röntgenaufnahme meines Nacken erstellen. Letztendlich konnte man herausfinden, dass meine Nackenwirbel in einwandfreiem Zustand waren und ich keine "schweren" Verletzungen davongetragen habe, außer einer Quetschung im rechten Bereich meines Nackens. Man empfahl mir, dass ich umgehend das RVZ (Radiologisches Versorgungszentrum) Minden aufsuchen solle, um etwaige Schäden am Halsmark oder sonstigen sensiblen Stellen überprüfen zu lassen.

Im RVZ angelangt und nach gefühlt unendlich langen Wartezeiten (und CT- /MRT-Aufnahmen), wurde ich umgehend in das Minden MKK eingewiesen.

In der Notaufnahme erklärte mir eine Ärztin, dass man in meinem Halsmark Läsionen gefunden habe, die definitiv nicht von meinem Sturz stammen können und man umgehend Untersuchungen durchführen müsse.

Im Patientenzimmer angelangt, war ich völlig mit der Situation überfordert und einfach sauer. Ich wollte eigentlich nur zurück ins Büro, in vertrautes Gefilde, zurück in die Firma oder nach Hause. Ich pöbelte in meiner Überforderung und Hilflosigkeit die Pfleger und Schwestern an, verlangte Erklärungen, die sie mir nicht geben konnten und war der festen Überzeugung, dass ich nur für wenige Stunden bleiben sollte.

So saß ich Stunden am Tisch des Patientenzimmers und vertrieb mir die Zeit mit meiner Wut. Ich dachte darüber nach, wie ich am besten die Arbeit der Schwestern und Pfleger sabotieren konnte, damit sie mich als untragbar erklären würden und ich somit das Krankenhaus verlassen konnte. Ich entschied mich gegen die Sabotage der unschuldigen Pfleger und Schwestern.

Es war inzwischen Abend und das Essen wurde gebracht. Meine Wut war abgeflaut. Ein sehr freundlicher Arzt kam ins Zimmer und setzte sich zu mir. Er erklärte mir, dass man nach jetzigem Stand zu 90% davon ausgehend würde, dass es sich bei der Symptomatik um einen gewaltigen MS-Schub handeln würde und dass es zu meinem Sturz keinen direkten Zusammenhang geben würde.

Ich sollte mich darauf einrichten, dass ich am nächsten Morgen eine Lumbalpunktion bekommen würde, um (damals mir unbekannte) Werte messen zu lassen. Im gleichen Zuge würde man sofort mit einer Cortison-Stoßtherapie beginnen, um gegen die zu dem Zeitpunkt gefundenen Läsionen zu behandeln, sowie weitere MRT- und CT-Aufnahmen meines Rückens und Kopfes.

Der nächste Morgen begann mit Frühstück und dem sofortigen Beginn der Stoßtherapie. Man wies mich auf die Nebenwirkung hin, zu denen Depressionen, Essattacken, Gewichtszunahme und einige andere gehörten (die mir gerade entfallen sind).

Anstelle der Depressionen und Essattacken erlebte ich ein unfassbar aufputschendes Gefühl, als hätte ich 50 Tassen Kaffee in einem Zug getrunken, ein absurdes Maß an Kontaktfreudigkeit, Appetitlosigkeit, ein absurd hohes Maß an "sex-drive" und ein Redebedarf, der mehr als unüblich für mich ist. Ich war so sehr unter Strom, dass ich über die 5 Tage der Stoßtherapie gefühlt 100 km zu Fuß durch die Uni-Klinik zurücklegte, nur um die Energie loszuwerden.

Ich verlor im Laufe der 8 Tage im Krankenhaus 7 kg an Gewicht, trotz regelmäßiger und ausgiebiger Mahlzeiten.

Es vergingen einige Tage und erhielt letztendlich die MS-Diagnose. Neben der Läsion in meinem Halsmark, fand man weitere in meinem Rückenmark und unzählige in meinem Gehirn.

Für mich gänzlich unerwartet, verspürte ich zwar Trauer, aber zum größten Teil Erleichterung.

Jahre (seit meinem 14 Lebensjahr) der nur kurzfristig behandelbaren Schmerzen und Taubheitsgefühle, hatten nun endlich einen Namen.

Phasen der Unkonzentriertheit und Erschöpfungszustände, die mich damals mehrmals fast Berufsausbildungen gekostet haben.

Jahre, in denen ich immer schlechter als andere abgeschnitten habe, da sowohl körperlich als auch psychisch nicht so belastbar war.

Jahre der Demütigungen, des Versagens, des "faul" seins, da ich keine Kraft zum Aufstehen hatte. Ein unsichtbares Phantom, dass mir über Jahrzehnte das Leben zur Hölle machte, hatte jetzt einen Namen. Nicht erkennbar von außen, aber mit weitreichenden Folgen.

Noch immer völlig aufgeputscht von der Stoßtherapie, ging ich auch die Folgetage recht gelassen mit der Diagnose um. Es traf mich dann letztendlich wie ein Schlag ins Gesicht, als ich zum abschließenden

MRT musste, um die Läsionen nach der erfolgten Stoßtherapie untersuchen zu lassen.

Die Erkenntnis, dass ich MS habe, kam nun richtig in meinem Verstand an und ich brach, liegend im MRT, in Tränen aus. In dem Wissen, dass ich mit meinem plötzlichen emotionalen Ausbruch die Aufnahmen "versauen" würde, riss ich mich zusammen und ertrug die Erkenntnis still und heimlich, in der engen und lauten Röhre. Nach dem MRT bat ich um ein Papiertuch, um mir die Tränen aus dem Gesicht zu wischen und ging zum Außenbereich.

Ich stand in der Sonne, weitab von jeglichen kränkelnden Menschen, bewegte mich Richtung nahem See und ergab mich meinen Emotionen. Ich heulte, wie ich es bestimmt seit 20 Jahren nicht mehr getan habe. Die vergangenen Tage waren nicht nur eine physische, sondern auch eine immense psychische Belastung.

Der Tag der Entlassung kam.

Mir wurde von den Ärzten vielerlei Dinge erklärt, wie sich die Krankheit im besten Fall entwickeln könnte und das ich mir keine Sorgen machen brauchte.

Seit dem Tag meiner Entlassung, stellte eine Änderung an mir fest.

Seitdem fühlte ich mich einfach irgendwie taub, auf eine gewisse Art furchtlos und stark oder auch unzerbrechlich/unbezwingbar. Kritische oder harte soziale Interaktion erscheinen mir inzwischen zu einfach zu bewältigen und Streitgespräche ließen mich absolut kalt. Mein ansonsten heißblütiges Temperament war wie ausgelöscht.

Nach einiger Zeit der Selbstreflexion stellte ich erschreckend für mich fest, dass ich ein richtiger Mistkerl gegenüber anderen Menschen geworden bin.

Der in mir entdeckte absolute Mangel an Respekt und der fehlenden Angst, Dinge falsch zu sagen und daraus resultierenden

Konsequenzen, lassen mich inzwischen völlig angstfrei Konflikte lösen (und aus dem Weg gehen).

In meiner Selbstreflexion stellte ich ebenfalls fest, dass ich nie aus Bosheit "kalt" reagierte, sondern vielmehr das emotionale Feedback aus meinem Körper fehlte, um entsprechend empathisch auf Konflikte oder Krisen einzugehen.
Ich erkannte mich nicht wieder und hasste mein "kaltes" Ich.
Ich denke, mit dem Schock der Diagnose und den unglaublich belastenden Tagen im Krankenhaus, ist etwas tief in mir zerbrochen, was jetzt erst langsam wieder heilt.
Mir geht es wieder deutlich besser und kehre so langsam zu meinem alten Ich zurück.

Löwenmutter

Monika ist eine Löwin und ist seit heute 60 Jahre alt. Sie liebt ihre Kinder, die Eisbärdame Finja und die Natur. Immer wenn sie sich freut, strahlt sie wie die Sonne selbst, an einem milden Tag. Ein freudiges, warmes Lächeln, das an eine warme Oase erinnert, die zum Entspannen, Mitfreuen und Krafttanken einlädt. Wie es für diese besondere Löwenmutter üblich ist, kämpft sie für Ihre Kinder, schenkt ihnen uneingeschränkt ihre Liebe und ist nicht verlegen, ihren Löwenkindern zu zeigen, wie stolz sie auf die jeweiligen Errungenschaften ist. Wiederzufinden ist dies in den einzigartigen und wunderbaren Persönlichkeiten ihrer großartigen Löwenkinder.

Löwenkind Toni, ein reifender und gestandener Junglöwe, ist erst kürzlich in die Welt hinaus, um seine Bestimmung und seine Ziele zu erkunden. Diszipliniert und abenteuerlustig durchstreift er die unerbittliche Savanne und lässt sich niemals vom Weg abbringen.

Löwenkind Tim, ein aufgeweckter Junglöwe, der voller Energie steckt und noch im Schutze der familieneigenen Höhle die Welt erkunden darf. Die Zielstrebigkeit seiner starken Löwenmutter schenkt ihm jeden Tag Kraft, sich seinen Zielen zu näher und ein starker Löwe zu werden. Seine einzigartige Persönlichkeit schenkt auch seiner Löwenmama jeden Tag die Kraft, um den rauen Bedingungen der Savanne entgegenzutreten, in der jeder Tag ein neues Abenteuer bereithält.

Löwenkind Hendrik hat den Stolz von seiner Löwenmama. Ein reifer und stolzer Löwe, voller Anmut und einer ausgeprägten Alpha-Persönlichkeit. Geboren, um anzuführen und einer Familie die Sicherheit und Liebe zu geben, die sie benötigt und verdient hat. Der stolze Löwe ist bereits erwachsen und kämpft für sein eigenes Rudel.

Löwenkind Lena hat ihre Kämpfernatur von ihrer Löwenmama. Zielstrebig, unnachgiebig, liebend, warm und zart. Anmerkung einer Person, die nicht Löwenkind Lena ist: „Lena ist die beste Tochter, die man sich nur wünschen kann!". Die starke Löwin ist ebenfalls erwachsen und schütz sich und ihr Rudel vor den Gefahren der rauen Savanne.

Das alles, Löwenmutter Monika, ist dein Verdienst und ein Geschenk an dich selbst. Wundervolle Löwenkinder, die deine Stärke haben, deinen Fleiß und deine Beharrlichkeit leben, deine Wärme und Herzlichkeit hinaus in die Welt tragen und die Kraft deiner Liebe in alles investieren, was sie so erfolgreich und einzigartig macht.

Deine Löwenkinder sind dein Geschenk an die Welt und das ist alles dir zu verdanken.

Du bist wundervoll einzigartig. Deine Reife, Liebe und Zuneigung haben deine Kinder auf das vorbereitet, was sie in der Welt erwartet. Du bist das, was jeder in einer liebenden Mutter sucht.

Ich wünsche dir von Herzen alles erdenklich Liebe und Gute zu deinem Geburtstag ♥

Das Geschäft

Wir saßen alleine im Auto und waren auf dem Weg, einen seriösen und ordentlichen Sexshop zu besuchen. Wir pflegen ein persönliches Verhältnis und tauschen uns ungehemmt über Leidenschaften und Fantasien aus. Lauschen gespannt den Empfehlungen des anderen, sowie den abenteuerlichen Begegnungen und Erlebnissen, des jeweils anderen. Weitere Nähe für dieses wundervolle Zusammenleben war gar nicht notwendig, so glaubten wir zumindest und neben regelmäßigen Nachtfantasien, die wir heimlich für uns alleine im eigenen Bett auslebten, kam es bisher zu keinen sexuellen Handlungen zwischen uns. Wir waren uns sicher, dass uns das auf Zeit nicht genügen wird und wir uns mit ziemlicher Wahrscheinlichkeit nichts mehr wünschten, als uns gegenseitig beim Masturbieren zu beobachten. Eine heiße Vorstellung, die uns oft mit in die Nacht begleitete und bisher nicht ausgesprochen wurde.

Uns missfällt das Konzept der großen Erotik Stores. Frauen werden hier als Frischfleisch präsentiert, wie das Nackensteak vom Schwein, in der Frischetheke beim Metzger. In unmöglich verdrehten Positionen sieht man Frauen auf DVD- und Blu-ray-Hüllen, wie sie mit gespielter Lust die Kamera anflirten. Einfach abstoßend.
Durch einen Flyer im Briefkasten, sind wir auf ein neues Konzept von Erotikladen gestoßen, was uns sofort faszinierte. Von "professioneller und kundennaher Beratung" war die Rede, sowie ein privates und erwachsenes Auseinandersetzen mit der Thematik Sex, Lust, Selbstbefriedigung und Fetische. Der Fokus liege hier in der Selbstwahrnehmmung und der persönlichen Weiterentwicklung. Anders als die üblichen Schmuddelläden, erwartete uns ein Geschäft, das ein Hybrid aus Arztpraxis, Sexshop, Esoterik-Kram und Bistro war. Alles kombiniert in einem Konzept.

Die Einrichtung im Wartebereich und Aufenthaltsraum war Bistro/Lounge, mit vielen großen Sofas und Sesseln, sowie dicken Matratzen mit kleinen Holztischen in der Mitte, auf denen man sich gemütlich hinsetzen- oder legen konnte, während man darauf wartete, aufgerufen zu werden. Es roch angenehm nach frisch aufgesetztem Kaffee und Tee. Die zahlreich vorhandenen Blumen vermittelten einen sehr heimischen Eindruck.

Wir wurden gebeten, zum uns gezeigten Zimmer zu gehen, in dem die Beraterin uns mit einem freundlichen Lächeln empfing. Der Besprechungsraum erinnerte dem einer Praxis, war aber deutlich schöner eingerichtet war und ganz ohne die ganzen medizinischen Instrumente vollgestopft. Es roch angenehm nach Desinfektionsmittel, ätherischen Ölen und es war ein kaum spürbarer Geruch von Sex wahrnehmbar. In einer Ecke des Raumes stand eine gemütlich aussehende Liege, am der ein kleiner Ecktisch mit einer großen Schale stand, in der Wasser und ätherische Öle von sich einer darunter befindenden Kerze erwärmt wurde.

Auffällig waren zwei Poster an den Wänden, von jeweils männlichen und weiblichen Genitalien, einer gemütlich aussehende Couch, ein kleiner Tisch mit Kaffeebesteck und einigen aus Bast und Stroh bestehenden Sesseln.

In dem Besprechungsraum lagen allerhand Sexspielzeuge auf einer Präsentationsplatte, die wir uns im Vorfeld Zuhause Online betrachten konnten und zu denen wir gerne mehr Informationen wollten.

Neben Fragen zu Wünschen des Spielzeugs, dem Einsatzbereich und der Wunsch der Stimulation, bekamen wir wahlweise Kaffee oder Tee, dazu Kekse und Kuchen. Während der Erklärungen, nahm die Beraterin/Verkäuferin regelmäßig Spielzeuge in die Hand und zeigte anhand der Poster, wie und wo sie jeweils stimulieren würden. Mit der Zeit wurde die Auswahl konkreter und ging über in das Testen der jeweiligen Spielzeuge, an dir. Ebenfalls eine Besonderheit des Geschäfts war, dass man sich einfach auf eine eigens dafür, sich im Besprechungsraum vorhandene Couch legen brauchte, auf der die Beraterin einem ordentlich und gewissenhaft gezeigt hat, wie das Spielzeug zu verwenden ist.
Die Beraterin bittet höflich, dich in einer für dich angenehmen Position hinzulegen, damit sie mit der Vorführung beginnen könne.

Du legst dich auf den Rücken und hebst die Beine in einer angewinkelten Stellung an. Die Beraterin nahm ein pinkes Spielzeug, dass an einen Hasen erinnerte. Am unteren Ende befand sich ein Drehregler, mit dem sich die Intensität der Vibration steuern lies. Sie griff zu einer Flasche mit der Aufschrift "Massageöl" und rieb dich zwischen deinen Beinen ein. Dein rotes Gesicht verriet mir, dass du die Vorstellung kaum abwarten konntest.

Bereits nach kurzer Zeit war das unverkennbare Geräusch deiner Erregung zu hören, während du sanft zwischen deinen Schenkeln massiert wurdest.

Nach einigen Momenten der Vorbereitung, wird dir das Spielzeug von der Beraterin geschickt eingeführt und erhöht ein wenig die Intensität der Vibration. Erklärungen folgten mit Hinweisen an das jeweilige Poster mit den weiblichen Genitalien, wo welche Punkte gerade stimuliert werden, welche Stellen das Spielzeug erreichen kann, welche Gele und Öle sich am besten dafür eigenen.

Dein Atem wird immer schneller und du beginnst mit deinen Hüften gegen das Spielzeug zu drücken. Die Luft ist inzwischen erfüllt von feuchter Trägheit, dem Geruch deiner nassen Lust und deinem Deodorant, das durch deine Körperwärme wieder sein Duft entfaltete. Ein betörendes Aphrodisiakum, welches meine Sinne betäubt.

Interessiert beobachte ich die geschickten und geübten Bewegungen der Beraterin, lausche ihren Erklärungen zu Intensität und Langlebigkeit des Spielzeugs. Du hörst nichts davon.

Gefangen in einer Welt aus Lust, Nässe und Ekstase, lässt du die Vorführung über dich ergehen. Dein Atmen wird schneller und du beginnst zu stöhnen. Deine Augen vergrößern sich und verleihen dir den Anblick völliger Überraschung. Schnelles, durch die Lippen gepresstes Stöhnen ist zu hören. Dein ganzer Körper ist wie elektrisiert und plötzlich explodierst du in einer Welle aus Lust, ergibst dich deinem Orgasmus.

Dein Unterleib zuckt und jagt immer wieder eine neue Welle der Leidenschaft, durch deinen ganzen Körper. Sichtlich zufrieden legt die

Beraterin das Spielzeug auf eine separate Schale. "Hiermit ist die Ent-scheidung wohl schon gefallen?", fragte sie mit rosigen Wangen und einem ehrlichen Lächeln. Du nickst nur stumm und versuchst wieder zu Atem zu kommen.

Du machst dich in einem separaten Raum wieder frisch und kommst mit noch immer zittrigen Beinen zurück zur Rezeption, an der ich be-reits auf dich wartete. Man erklärte uns, dass das Produkt einer einge-henden Reinigung und Desinfektion bedarf, was nur wenige Tage in Anspruch nehmen würde. Die Zustellung erfolgt, nach abgeschlosse-ner Reinigung.

Zurück im Auto schauen wir uns an und beginnen herzhaft zu lachen. Uns kommen die Tränen und mein Bauch schmerzte mir bereits. "So etwas", schnaufst du, "sowas habe ich wirklich nicht erwartet. Was ist da eigentlich eben passiert?" Vom Lachen außer Atem, zucke ich mit meinen Schultern und starte den Motor. Wir fahren eine Weile und hören den Nachrichtensprecher zu, wie er sachlich seinen Text zu ak-tuellen Geschehnissen abliest.
Ich schaue zu dir. "Nächstes Mal bin ich aber dran." und grinste frech. Ein bestätigendes Lächeln kam von dir und nach kurzer Zeit blickst du wieder nach draußen, der vorbeihuschenden Landschaft hinterher-schauend. "Darauf brauche ich einen guten Rotwein", murmelst du und schläfst mit dem Kopf an der Seitenscheibe angelehnt, ein.

Der Besuch

Wir standen gemeinsam im Flur vor der geöffneten Wohnungstüre und stelltest mich deinen beiden Freundinnen vor, die ich bisher nur aus Erzählungen aus deiner Studienzeit kannte. Beide standen etwas verlegen vor der Türe, hattest beide fröhlich umarmt und sie hineingebeten. Die kleinere dunkelhäutige Frau stellte sich als erstes vor, sagte lächelnd sie heiße Mariella und reichte mir die Hand. Ihre Freizeitkleidung bestand aus einem locker sitzendem blass-gelbem T-Shirt, einer olivfarbenen weit sitzenden Hose, die nur bis zu ihren Knöcheln reichte und abgetragenen Sandaletten, in denen noch der letzte Sand des vergangenen Ausflugs am Meer klebte. Ihr Griff war für ihre Statur ungewöhnlich fest und ich bemerkte erst in dem Moment ihre sonnengesättigte Haut mit feinen Sommersprossen und krausen sehr dunklen Haare, in denen wage von der Sonne rot gebleichte Strähnen zu erkennen waren. Sie verströmte ein Geruch von Meer und Blumen, wie ich es noch nie zuvor gerochen hatte.

Deine andere Freundin stellte sich mir nüchtern mit Lia vor und reichte mir schlaff ihre Hand. Die brünetten Haare mit dezenten blonden Highlights reichten ihr bis zum Rücken und schimmerten leicht im Licht der großen Flurlampe. Sie roch nach einem teuren Parfüm und machte kein Geheimnis daraus, dass es ihr offensichtlich finanziell nicht zu schlecht ging. Das seriöse Auftreten wurde von ihrer nicht minderwertig aussehenden Abendkleidung unterstrichen. Ich sah erdfarbene, glatte Shorts, ein dünnes, enganliegendes Oberteil und dazu dezente Stiefeletten in braunen Lederfarben, die ein paar von Lias gepflegten Zehen offenbarte. Deine Gäste standen noch etwas unsicher in unserem Flur, bis du sie willkommen heißend in unser Wohnzimmer geleitetest.

Wir beide saßen auf der Couch, während deine Freundinnen es sich in unseren großen Sesseln gemütlich machten. Getrennt von einem kleinen Wohnzimmertisch mit Glasplatte, auf dem Süßigkeiten in Schalen und Softdrinks zu sehen waren, unterhielten wir uns über vergangene Geschehnisse, amüsierende Ereignisse und dem beruflichen Werdegang, nach dem Studium. Durch die offene Balkontür strömte leicht die abendliche Spätsommerluft hinein, gemischt mit dem regelmäßigen leisen Rauschen von vorbeifahrenden Autos der angrenzenden Straße, die am Balkon vorbeiführte. Die Stimmung war fantastisch.

Der Abend verging wie im Flug. Draußen wurde es bereits dunkel und das Geräusch vorbeifahrenden Fahrzeuge wurde deutlich seltener. Die milde Luft des Nachmittags ist nun deutlich frischer geworden und inzwischen mischten sich Gerüche von tau-nassem Boden und feuchten Rasen in die Luft. Genießend saß ich auf der Couch und roch die frische Brise, die durch die noch immer offene Balkontüre zog und richtete mich auf. Ich entschuldigte mich höflich, dass ich mich jetzt bettfertig machen müsse. Dankend für den angenehmen Abend, begab ich mich in das Badezimmer und machte mich bereit für die Nacht, während du dich weiterhin den angeregten Themen deiner Freundinnen widmetest. Aus dem mindestens 20 Meter langen Flur, der zwischen dem Wohnzimmer und Schlafzimmer lag, drängte sich der leichte Schimmer der Stehlampe, die wir abends immer im Wohnzimmer einschalteten.

Erschöpft schlenderte ich in das unbeleuchtete Schlafzimmer, gab der Türe einen kleinen Schwung mit der Schulter und ließ sie bis auf die Hälfte hinter mir zufallen. Ich entkleidete mich bis auf meine Shorts und warf die Kleidung in den dafür bereitstehenden Wäschekorb, neben der Schlafzimmertüre. In der Mitte des Raumes stand ein großes Doppelbett, mit antik anmutendem Flair. Das offenstehende Fenster lehnte ich ein wenig an und zog die schweren weinfarbenen Vorhänge vor das Fenster. Im Schlafzimmer roch nach Schlaf und dem Sex von heute Morgen. Dein Parfüm bedeckte deine ganze Seite des Betts, was mir sofort wieder lebhaft die Erinnerungen des Morgens ins Gedächtnis rief. Mit jedem Herzschlag merkte ich, wie sich etwas in meinen Shorts aufrichtete, aber beachtete es nicht weiter. Erschöpft ließ ich mich in das Bett fallen, deckte nur meine Beine zu und griff zu meinem Handy, dass ich seit dem Nachmittag vollständig ignoriert hatte. Benachrichtigungen zeigten mir verpasste Nachrichten in meiner Messenger-App an, sowie Nachrichten zu neu veröffentlichten Videos, auf meiner favorisierten Streaming-Plattform. Der Reihenfolge nach arbeitete ich die Benachrichtigungen ab und legte wenig später das Handy neben mir auf den Nachttisch.

Alles war in Dunkelheit gehüllt. Die Konturen von Möbeln und anderen Objekten wurden verwaschen. Von draußen drang vorsichtig das Licht der Straßenlaterne zwischen die Schlitze der Vorhänge und beleuchtete Facetten meines Körpers. Ich schaltete das Displays meines Handys aus und legte das Gerät auf mein Nachttisch.

Meine Augen brauchten mehrere Momente, um sich an das diffuse Licht zu gewöhnen. Der Geruch deines Parfums schlich sich wieder in meine Nase und rief erneut die ekstatischen Bilder vom Morgen hervor. Wieder spannten meine Shorts, aber diesmal schenkte ich dem volle Beachtung. Ich griff in meine Shorts und begann langsam zu streicheln. Mit jeder zärtlichen Bewegung sorgte mein Herzschlag für mehr Spannung in meiner Hand. Mit meinem vollständig erigiertem Glied in der Hand, begann ich meine Hand langsam und rhythmisch auf und nieder zu bewegen. Abwechselnd wurde ich mal langsamer, mal schneller.

Es verging eine Weile und plötzlich erschrak ich, da ich eine Bewegung im Flur bemerkte, irgendwo in der Nähe der Türe des Schlafzimmers. Ich hielt inne und roch den vertrauten Duft von Meer und Blumen. Ich vermutete, dass Mariella lediglich das Badezimmer benutzen wollte, hörte die Badezimmertüre einrasten und konzentrierte mich wieder ganz auf mich. Meine Hand legte ich wieder um meinen Schaft, mit inzwischen energischeren Bewegungen und schnellerem Atem, den Flur immer im Blick. Wenige Minuten vergingen, als ich die Spülung der Toilette hörte und das Öffnen der Badezimmertüre mir verriet, dass Mariella wieder im Flur war. Weiter streichelte ich mich und pumpte mit meiner Hand den Schaft, der vor Hitze nur so strahlte. Im Augenwinkel erkannte ich Mariella, wie sie sich halb versteckt neben der Schlafzimmertüre positioniert hatte. Sie stand so weit in der Türe, dass ich ihre Figur klar erkennen konnte. Meine Augen hatten sich schon längst an die Dunkelheit gewöhnt, während Mariellas Augen immer noch vom hellen Licht des Badezimmers geblendet waren und sie die Dunkelheit als viel intensiver und somit schützender empfand. Sie bewegte sich merkwürdig und betrachtete mich ziemlich ungläubig, bis ihr Blick zu einem äußerst interessierten Beobachten gewechselt hat. Erst jetzt begriff ich, dass sie ihre Hand in die Hose, unter ihren hellen Slip geschoben hatte und damit begonnen hatte sich anzufassen, zu streicheln und zu masturbieren. Sie versteckte sich immer unvorsichtiger hinter der halb geschlossenen Türe des Schlafzimmers und schaute immer häufiger auf mich, immer noch völlig davon überzeugt, dass ich sie nicht sehen würde. Vielleicht wusste sie es aber auch, dass ich sie bemerkt hatte und genoss es.

Um unnötigen und peinlichen Erklärungsversuchen entgegenzuwirken tat ich so, als würde ich sie nicht bemerken. Mariellas schwerer Atem war inzwischen zu hören und ein flitschendes, rhythmisches, kaum wahrnehmbares Geräusch, dass unmissverständlich auf die Erregtheit von Mariella hinwies, war zu hören. Verwirrung und Scham rufen aus den hintersten Winkeln ihrer Vernunft und befeuern die Erregung nur noch mehr. "Was wenn er mich dabei sieht? Verdammt, hoffentlich sieht er mich nicht richtig.... Ich WILL das er mich dabei sieht?!"

Ein innerer Kampf, der sowohl ihre absolute Erregung und zeitgleich ihr Schamgefühl ist. Ihre Bewegungen wurden plötzlich schnell und ekstatisch, bis ein leises Wimmern aus Richtung der Türe zu hören war. Es vergingen einige Minuten, bis sich Mariella benommen Richtung Badezimmer bewegte und für weitere Minuten verschwand.

In der Zwischenzeit wurden die Themen im Wohnzimmer vermutlich etwas oberflächlicher. Die Unterhaltung war fast nicht mehr zu hören, außer dass du dich nebenbei nach dem Verbleib von Mariella erkundigtest und habt einstimmig beschlossen, dass sie bestimmt nur etwas länger auf Toilette benötigen würde.

Als ob nichts gewesen wäre, kam Mariella vom Badezimmer zurück in das Wohnzimmer, immer noch ein wenig schwammig auf den Beinen und unterhielt sich mit euch weiter.

Es dauerte nicht lange, da musste Lia ebenfalls auf die Toilette, lief an der halb geschlossenen Türe vorbei und sah mich ebenfalls, wie ich auf mich selbst fixiert alle Reize vom Streicheln an meinem Schaft und den pumpenden Bewegungen genoss. Erstaunt und völlig fassungslos stellte ich fest, dass Lia deutlich dreister in das Schlafzimmer schaute und absolut kein Problem damit hatte, sich hinter die halb geschlossene Türe zu stellen und einfach still zusah. Ihr Atem ging schwer und war deutlich ungehemmter als der von Mariella.

Vermutlich dachte sie, dass ich so mit mir selbst beschäftigt war, dass ich sie nicht bemerken würde. Lia kam vorsichtig in das dunkle Schlafzimmer, stellte sich an die Wand direkt neben dem Lichtschalter an der Türe, wo sie glaubte, ich könne sie nicht sehen. Was auch sie nicht beachtete war, dass sich meine Augen bereits an die Dunkelheit gewöhnt hatten und ich sehr wohl von ihr Notiz nahm. Schwer atmend sah ich, wie sie die Hose und ihren dunklen Slip ein wenig nach unten zog und sich zwischen die Schenkel griff, wo sie sofort anfing intensiv zu masturbieren. Ich erkannte, dass sie ein oder zwei Finger einführte und sich, mit jedem Stoß ihrer Hand, ein wenig mehr an die Wand hinter ihr lehnte, um besser an diese sagenhaft gute Stelle ihres nassen Paradieses zu gelangen. Lias Atem wurde schwerer und gepresst. Ich nahm einen leichten Geruch nach feuchter Scheide wahr, was mich in die Höhe der Erregtheit versetzte. Ihre Handinnenfläche schlug leicht hörbar gegen ihren Kitzler, während die eindringenden Finger ihr unverkennbares Geräusch von sich gaben. Ich sah, wie sich Lia den Mund zuhielt und so versuchte, ihrem unkontrollierten Stöhnen und Luftholen Einhalt zu gebieten, was nur bedingt gelang.

Bei nach wie vor gespielter Ahnungslosigkeit drehte ich mich halb quer über das Bett, damit sie mich besser dabei sehen kann. Völlig unbeeindruckt massierte und pumpte ich meinen Schaft weiter. Gleitende Flüssigkeit lief bereits aus der Kuppe und meine Hoden verhärteten sich. Mein Atem wurde immer heißer und der Geruch von nasser Scheide und meinem bevorstehenden Orgasmus trieb mich immer weiter zur Spitze des Höhepunkts. Ein leises "oh shit" und das heftige Zucken in Lias Beinen und Unterbauch zeigten mir, dass Lia zu einem heftigen Orgasmus kam. Ihre Beine sackten ihr weg und sie rutsche fast bis auf den Boden. Nach Atem ringend versuchte sie sich zu beruhigen und die Kontraktion ihrer Beine und des Unterleibs in den Griff zu bekommen. Nach kurzer Zeit stand Lia auf, zog die Hose wieder hoch, torkelte sichtlich benommen und erschöpft zum Badezimmer und verschwand für einige Zeit.

Ich nutzte die Zeit und vollendete das, was sich jetzt für gefühlte Ewigkeiten in meinem Schaft gestaut hatte und kam zu einem explodierenden Orgasmus. Mein Schaft zuckte und pumpte die vorherigen

Erlebnisse heraus, in einem nicht enden wollenden Schwall aus Erleichterung und Zufriedenheit.

Völlig erschöpft und noch immer verwirrt darüber, was da überhaupt genau geschehen ist, dachte ich noch im beim Einschlafen "Man, das glaubt mir niemand."

Das Badezimmer (Teil 1)

Martins hochgewachsene Statur, die dunkelbraunen Haare und die
großen, kastanienbraunen Augen verliehen ihm das Aussehen eines
südländischen Casanovas. Für Anfang zwanzig war er äußerlich schon
sehr reif, jedoch zu still, war häufig in sich gekehrt und eine Spur zu
höflich. Martin war alles andere als ein Casanova. Die Frauen suchten
ihn aus und er willigte meistens nur schulterzuckend ein. Er hatte nie
das Bedürfnis, aktiv auf die Suche nach einer potenziellen Partnerin
zu gehen. Mit seiner stoischen Art wirkte er nach außen hin durch-
dacht, unerschütterlich und dominant, was ihm letztendlich schon seit
seiner Schulzeit zig Liebesbekundungen auf bunt bemaltem Papier
eingebracht hatte. In Wahrheit empfand sich Martin als äußerst scheu.
Natürlich genoss er die Aufmerksamkeit der Frauen, aber unwohl
fühlte er sich trotzdem immer, sobald es um die Interaktion ging. Er
lauschte gerne den Geschichten anderer und erkundigte sich über das
soeben Erzählte, mit knappen Fragen. Eigene Erlebnisse erzählte er
äußerst selten und fühlte sich deshalb unwohl, weil seine Erlebnisse
immer zu normal und langweilig schienen, im Gegensatz zu denen
seiner Freunde und Bekannte.

Äußerst gebannt und aufmerksam hörte er sich immer die Geschichten
oder Erlebnisse seiner Freunde an, schenkte ihnen den Respekt, den
sie verdient hatten. Anstelle einer umfangreichen Rückmeldung zum
Geäußerten, wie sich die Erzählenden dabei gefühlt haben oder wie es
zu der erzählten Situation kam, um so ein Gespräch am Laufen zu halten, bekam er jedoch häufig nur ein „sehr interessant" heraus und
stellte lediglich kurze Rückfragen zum Erzählten, die die Erzählenden
begeistert beantworteten, weiter ausführten und die Gespräche in Ge-
sellschaft seiner Freunde weiter antrieben. Martin bevorzugte es, den
wundervollen Geschichten und Erlebnissen zu lauschen. Sie schenkten ihm Frieden, machten ihn zugehörig zum Freundeskreis und
gleichzeitig zum Mitwisser.

Sein Umgang mit solchen Situationen handelte ihm schnell das Vertrauen von Rose ein, die er durch einen Freund kennenlernte. Er

brachte sie zu einem ihrer Treffen, um sie so mehr Leuten vorzustellen. Sie verstanden sich auf einer Ebene, die nur Martin zu benennen wusste. Keine richtige Freundin, sondern vielmehr eine gemeinsame Verschworene. Es existierte ein Band, so glaubte Martin zumindest. Martin glaubte etwas in ihrem Blick zu sehen. Eine Neugierde oder ein gewisser Hunger auf neue Geschehnisse. Immer öfter verabredeten sie sich alleine, außerhalb vom Freundeskreis. Sie trafen sich in Cafés, bei einem köstlichen Getränk, liefen durch Parks und die Innenstadt. Martin vermittelte, in seiner gelassenen und stillen Art, den Eindruck von Verschwiegenheit und Vertrauen, wodurch mit der Zeit auch pikantere Themen in die Geschichten und erzählten Erlebnisse von Rose hineinflossen.

Unaufgeregt lauschte Martin immer häufiger den erotischen Erzählungen und Sehnsüchten seiner Bekanntschaft, mit denen sie sich selbst in eine heiße und erotischen Stimmung redete, was letztendlich dazu führte, dass sie die Frage stellte, ob er nicht Interesse daran hätte, das soeben Erzählte mal mit ihr auszuprobieren. Martin zuckte nur mit den Schultern und quittierte die Frage mit einem „Okay".

Seine kurzfristigen Abenteuer mit Rose, die sinnlichen Erkundungstouren an ihrem zarten Körper, lehrten ihm die Körpersprache der weiblichen Sexualität zu verstehen und umzusetzen. Er war keineswegs unerfahren, jedoch schien es ihm so, dass sich ihm hier etwas Neues eröffnete. Er war nie daran interessiert, eine schnelle Nummer zu schieben und Martin war ohnehin unsicher, wenn es um selbstbestimmte Frauen ging. Für ihre erste Verabredung, die nur den einen Zweck erfüllen sollte, hatte sich Rose eine Wiese ausgesucht. Normalerweise liefen auf der Wiese kleine Ziegen und Schafe umher, aber nicht an dem Tag. Da es zu diesem Zeitpunkt schrecklich heiß war, hatte sich der zuständige Landwirt wohl dafür entschieden, die Tiere im Stall zu lassen, wodurch Martin und Rose auf der Wiese völlig ungestört waren. Rose zog Martin zu sich und riss ihm das Hemd vom Oberkörper, während er sich mit dem Gürtel von Rose abmühte. Sie sah ihn eindringlich an, zerrte sich selbst ungeduldig die Hose von den Beinen und stieß Martin zu Boden. Rose stellte sich, mit Blick Richtung Martins Brust und Bauch, über seinen Kopf. Er konnte ihren Slip sehen, auf dem ein feuchter Fleck zu erkennen war. Sie setzte sich auf

Martins Gesicht und rieb sich an ihm, während sie gierig zu der großen Beule in seiner Hose griff, die Knöpfe seines Hosenschlitzes aufriss und fahrig zu seiner Erektion griff. Mit pumpenden Bewegungen ließ sie ihre Hand über das heiße Fleisch gleiten. Sich im Rhythmus zu ihrer eigenen Hand bewegend, rieb sie ihre Scham über Martins Gesicht und presste sich, nur getrennt von ihrem Slip, auf Martins herausgestreckte Zunge und heiße Lippen. Er bemerkte, dass ihre ansonsten kalkweiße Haut einen rosigen Schimmer erhalten hatte und ihr Körper wurde immer heißer. Mit einem schon fast tierhaften Antrieb stieß er seine Erektion immer wieder in die Bewegung von Roses Hand, die wie in Trance ihr Becken kreisend auf seinem Gesicht rieb. Martin griff mit einer Hand die linke Seite von ihrem Gesäß und unterstützte sie bei ihren Bewegungen, die andere Hand legte er auf ihren Rücken und wanderte zu ihrer Brust, die er leidenschaftlich und zart massierte. Er sah, dass Roses Kopf knallrot vor Erregung war und ihr Atem förmlich in und aus ihren Lungen jagte. Martin streifte ihren Slip herunter und zog sie fest auf sein Gesicht. Wie bei einer saftigen Orange umschlang er mit seinem Mund ihre Vulva und sog an ihr, trank ihren austretenden Saft, streichelte mit seiner Zunge die Schamlippen, drang mit der ganzen Länge seiner Zunge in das nasse Reich ein und aus. Rose quietschte überrascht und vor Erregung, während Martin mit seiner Zunge immer wieder an ihre Klitoris stieß, bis sie unweigerlich zum Höhepunkt kam und spritzte sogar dabei, was landläufig als „Squirt" bezeichnet wurde. Zitternd vom Orgasmus quetschte Rose Martins Gesicht mit ihren zuckenden Schenkeln und presste ihre nasse Vulva nur noch mehr auf sein Gesicht. Er hielt seine Erregung kaum noch aus und forderte Rose halb erstickend auf, seine bis zum Bersten gefüllte Erektion fester zu umschließen und ihre Hand schneller zu bewegen. Eine gewaltige Explosion erschütterte Martins Körper, während sein Orgasmus ihn verkrampfen ließ und er auf seinen Bauch ejakulierte. Rose fiel erschöpft zur Seite in die Wiese und versuchte, ruhiger zu atmen. Sie drehte sich zu Martin und blickte ihn mit einem so diabolischen Lächeln an, dass es dem Spruch „vom Teufel geritten" eine völlig neue Bedeutung hätte geben können. Dass ihn eine rothaarige und freche Draufgängerin so verderben würde, hätte er nicht für möglich gehalten. Mit Feuer in den Adern und einer

Abenteuerlust, die ihresgleichen sucht, war Rose der Inbegriff der sexuellen Erkundung und Neugierde.

Die ursprünglich naive Auffassung von Martin, wie weibliche Sexualität funktioniert und wie gierig Frauen doch sein können, verblüffte ihn und bot ihm den Zugang zu einer ganz neuen Welt. Nie mehr würde er Frauen mit der gleichen Unschuld betrachten können, wie er es vorher getan hatte. Rose offenbarte Martin, dass Frauen ebenfalls dreist sein können. Sie hatten Verlangen, Begierde, eine eigenständige und besondere Libido. Immer häufiger trafen sie sich auf offenen Feldern, legten sich auf den Boden und gaben sich ihren Trieben hin. Martin, inzwischen deutlich ungehemmter, ergab sich immer mehr der Naturgewalt ihrer Begierde. Manchmal trafen sie sich am Ufer eines nahegelegenen Flusses, wo die Luft nach Wasser und blühender Wiese roch, die Gräser ihre schwitzenden Körper streichelten und ihre Ekstase nur noch mehr antrieben. Sollte das Wetter es nicht erlauben, sich dem Abenteuer der Sexualität zu stellen, wichen sie auf die Wohnung von Rose aus. Die Wohnung war geräumig. Es herrschte hier nicht Chaos, aber man konnte klar den wilden Lebensstil von Rose erkennen, der sich in der kreativen Ordnung wiedererkennen ließ.

Socken und Slips waren gelegentlich auf dem Boden zu finden, die Luft roch abgestanden nach Schlaf, dem zubereiteten Essen des vermutlich vergangenen abends und einer Kombination aus Deodorant und billigem Damenparfum. Die Wände waren in der gesamten Wohnung in schlichtem Weiß gehalten und es hingen einige billige Bilder an der Wand des Flurs, dessen Motive wie von der Stange wirkten und in einem der größeren bekannten Einrichtungsgeschäften zu erwerben waren. Rose lebte mit ihrem Bruder, dessen Name sich Martin einfach nicht merken konnte. Beide befanden sich im Studium an der gleichen Universität und hatte entschlossen, sich die Kosten für die Wohnung zu teilen. Hier und da war die unverkennbare Spur ihres männlichen Mitbewohners zu erkennen. Übelriechende Sportschuhe lagen im Flur, achtlos in die Ecke gepfeffert. Über der oberen Kante der Tür eines der Zimmer hing ein schwarzes Shirt mit Aufdruck einer in der Musikszene bekannten Rockband. Manchmal ließ sie die Türe ihres Zimmers einen Spalt offen, damit ihr Bruder ihnen bei der hemmungslosen Hingabe zusehen konnte, ohne dass er sich erwischt fühlen musste. Zuerst fiel es Martin nicht auf, aber immer häufiger nahm er im Augenwinkel eine Gestalt im dunklen Flur wahr. Ihm war es erst egal und Rose schien es nur weiter zu befeuern. Inzwischen verlangte sie immer öfter, Martin zu reiten. Wie er sich immer mehr eingestehen musste, erregte ihn allein die Vorstellung wahnsinnig, dass da jemand an der Türe stand und Rose vulgär ihre Beine für den Beobachter spreizte, während er sie auf dem Rücken liegend zum Orgasmus stieß Rose hatte keinerlei Scham für das, was sie tat. Sie war so erregt und kam immer mehrmals zum Orgasmus, wenn ihr Bruder sie durch den Schlitz beobachtete oder Passanten in der Nähe des ungezügelten Pärchens liefen. Ein scheinbar unersättlicher Hunger schien Rose anzutreiben. Sie hatte nie zugegeben, eine inzestuöse Beziehung zu ihrem Bruder gehabt zu haben, aber Martin hätte schwören können, dass sie zumindest davon träumte.

Die Tatsache, dass sie so unvernünftig und jenseits von Gut und Böse zu erregen war, machte Martin an. Es war ihm egal, ob und wer zusah. Die Hauptsache war, dass Rose in einem maximalen Erregungszustand war und so Martin mitzog. Entweder hielten die Passanten an, um zuzusehen, riefen die Polizei oder verscheuchten sie. Er hatte keine Emotionen, wenn Leute in der Nähe waren. Keine Scham und keine Angst. Seine ganze Aufmerksamkeit galt ihr. Ihre weiße Haut, die vor Erregung immer eine rosa Farbe bekam und vor Hitze förmlich glühte, ihr Atem, ihr Stöhnen, ihre gleitende Flüssigkeit, die sich in Martins Schambereich sammelte und letztendlich die Kontraktionen von ihrem Unterleib, während er sich in ihr ergoss. Ihre Ekstase zu sehen und ihre spritzende Nässe auf seinen Beinen und seiner Scham zu spüren, war das absolut Größte für Martin.

Jahre gefüllt von extremen Abenteuern, der ständigen Suche nach dem größtmöglichen Kick für Rose, erschöpften Martin. Er fühlte sich nur noch als Werkzeug benutzt. Ein Hilfsmittel zur Stimulation. Immer häufiger erwischte sich Martin dabei, dass er nur noch einem Automatismus nachging, wenn er mit Rose schlief. Er hungerte nach Aufmerksamkeit und Beachtung, die ihm inzwischen nur noch die unschuldigen Zuschauer, Passanten und dreisten Voyeure schenkten. Seine Erregung stieg unermesslich, wenn er die Beobachtenden sehen konnte und er wusste, dass sie sich an dem Pärchen ergötzten.

Das Badezimmer (Teil 2)

Eines Tages beschloss Rose, die ganze Sache zu beenden. Sie benötige Zeit für sich und müsse sich für ihre Zukunft entscheiden, um sich auf ihre akademische Karriere zu konzentrieren. Martin zuckte mit den Schultern und quittierte ihre Aussage mit einem „Okay".

Er stand nun wieder alleine da. Nach einem Umzug in eine Provinzstadt und einer Anstellung als Kaufmann in einer dort ansässigen Firma, lernte er neue Leute kennen. Seine Abenteuerlust verebbte mit der Zeit, bis er zurück bei seinem stoischen Lebensstil angelangt war.

Aufstehen.
Waschen.
Anziehen.
Frühstücken.
Zur Arbeit fahren und arbeiten.
Nach Hause fahren.
Abendessen.
Masturbieren.
Schlafen.
Jeden Tag derselbe Ablauf.

Martin wurde zunehmend gefrusteter, verlor immer häufiger die Beherrschung und versuchte, über plumpe Anmachversuche eine Partnerin zu finden, die seine Abenteuerlust und sexuelle Aufmerksamkeitsgier befriedigen konnte. Mit nur geringem Erfolg.
Immer häufiger frönte Martin Exzessen, in denen er über das Maß hinaus mit Frauen schlief und im Vorfeld vermehrt zu Alkohol griff. Normaler Sex im Schlafzimmer war inzwischen so langweilig, wie die letzte Ausgabe der Brockhaus-Enzyklopädie, die schon stark in die Jahre gekommen war.
Martin berichtete seinen Freunden immer häufiger, wie frustriert er sei und dass er das Gefühl hätte, einfach nicht die Richtige zu finden. Er war der Überzeugung, dass man für guten Sex auch Risiken eingehen musste. Einer seiner neuen Freunde empfahl ihm, Amphetamine

auszuprobieren. Martin war äußerst skeptisch, was Drogen betraf. Nichtsdestotrotz erkundigte er sich nach der Wirkung, was es mit seinem Körper anstellen würde und erhielt folgende Antwort im Internet:

Amphetamine wirken auf das zentrale Nervensystem, indem sie die Ausschüttung von Noradrenalin und Dopamin auslösen. Aufgrund der Fett- und Wasserlöslichkeit überwinden Amphetamine die Blut-Hirn-Schranke ausgesprochen gut. Die Wirkung hält zwischen 6 und 12 Stunden an.

Körperliche Wirkung

1. *Erhöhung des Blutdrucks*

2. *Beschleunigung der Pulsfrequenz und der Atmung*

3. *Erweiterung der Bronchien*

4. *Erhöhung der Körpertemperatur*

5. *Unterdrückung von Müdigkeits-, Hunger-, Durst- und Schmerzgefühlen*

Psychische Wirkung

1. *Erzeugung von Wohlbefinden und Euphorie*

2. *Steigerung des Selbstvertrauens*

3. *stark gesteigerter Sexualtrieb*

4. *Zunehmende Risikobereitschaft*

5. *Erhöhung der Aufmerksamkeit und des Konzentrationsvermögens*

6. *Beschleunigung der Denkabläufe, Rededrang*

[...] Die Substanz wird auch im Zusammenhang mit sexuellen Aktivitäten konsumiert.

Die Erhöhung des Konzentrationsvermögens und der Leistungsfähigkeit betrifft nur einfache und monotone Tätigkeiten. Auf komplexe Denkleistungen haben Amphetamine keinen positiven Einfluss. Durch die Unterdrückung von Müdigkeit, die gleichzeitige Enthemmung, die zunehmende Risikobereitschaft und die abnehmende Kritikfähigkeit entsteht jedoch der Eindruck einer allgemeinen Leistungssteigerung.

Bei hoher Dosierung intensivieren sich die genannten Wirkungen und können zu einem ausgeprägten Erregungszustand und einem Gefühl des Getriebenseins führen. Das beschleunigte Denk- und Assoziationsvermögen kann sich in eine Art Hyperaktivität verwandeln, die Konzentrationsfähigkeit wird jedoch vermindert.

*16.06.2020: Körperliche und psychische Wirkung von Amphetaminen und Methamphetamin, SUCHT | SCHWEITZ, [online]

*https://zahlen-fakten.suchtschweiz.ch/de/amphetamin/wirkung-folgen/wirkung.html [abgerufen am 20.08.2021]

Martin war zu Besuch bei Bekannten. Mit fünf Personen saßen sie in einem schmuddeligen Wohnzimmer, vor einem großen Tisch. Da war diese junge Frau, die nirgendwo dazuzugehören schien. Der regelmäßige Konsum von Drogen stand ihr ins Gesicht geschrieben, dennoch war sie hübsch. Sie hatte sehr lange und bunt gefärbte Haare, die ihr bis zum Gesäß reichten. Martin konnte erkennen, dass ein straffer Busen in einem karierten Hemd versteckt war und einen wohlgeformten Po hatte.

Sie tranken Bier und Martin traute sich nicht so recht, in die Mitte des Tisches zu greifen, auf dem ein Spiegel mit einem Häufchen weißen Pulvers lag. Eine alte Bankkarte lag neben dem weißen Haufen, bereits verkrustet vom ständigen Bearbeiten des Amphetamins.

Martins Bekannte hatten sich dazu bereit erklärt, ihn bei seiner ersten Erfahrung zu begleiten, um im Notfall eingreifen zu können.

Es wurde später und immer öfter wurde zum Spiegel gegriffen. Die Masse wurde zerdrückt und anschließend in eine feine Linie gezogen, die etwa so lang wie ein kleiner Finger war. Seine Freunde wurden immer redseliger, die Themen wurden unübersichtlicher und lauter. Auch die junge Frau, die sich im Laufe des Abends als Eva vorstellte, erzählte Martin von belanglosen Dingen und zeigte offenkundiges Interesse an ihm. Nach einigen Rückfragen und Absicherungen bei seinen Freunden, entschloss sich Martin nun auch, eine Line zu ziehen. Informationen von seinen Freunden zu erhalten, schien ihm sinnvoller als so ein schnöder Artikel aus dem Internet. Er setzte, nach Evas Erklärungen, den Strohhalm an ein Nasenloch an, zielte nervös mit dem anderen Ende des Halmes auf die Linie des weißen Pulvers und zog sie mit einem Zug in seine Nase.

Die anderen applaudierten ihm zu. Sofort merkte Martin, wie sich seine Gesichtshälfte zugleich eiskalt und glühend heiß anfühlte. Er spürte, wie sein Puls sich beschleunigte und bemerkte ein wenig kalten Schweiß, wie er sich auf seinem Rücken und auf der Stirn sammelte. Martin sog die Linie des weißen Pulvers vom Tisch. Sein Blutdruck beschleunigte sich drastisch und seine Gedanken fingen an zu rasen. Nahezu sofort steigerte sich sein Sexualtrieb zu einem absurd hohen Maße.

Der Damm war gebrochen. Martin schloss sich den regen Unterhaltungen an, die immer wieder umschwenkten. Seine Gedanken rasten und er hatte das Bedürfnis, einen Marathon zu laufen. Seine Blicke flogen immer wieder zwischen seinen Bekannten und Eva, wo sie immer wieder an ihrem Busen hängen blieben, hin und her. Dem Speed geschuldet schlugen seine Gedanken augenblicklich in einen Tagtraum um. Er sah Eva und sich in einem Sonnenblumenfeld, wo sie sich ineinanderschoben, sich küssten und ihre Becken gegeneinanderschlugen.

Martin schreckte auf und war zurück in der Wirklichkeit. Seine Erektion drückte gegen seine Jeans und meldete sich zu Wort, sehr deutlich sogar. Gekonnt streichelte er mit einigen Fingern unbedacht über die Beule in seiner Hose und beobachtete dabei die anderen. Eva starrte mit knallrotem Kopf auf das, was Martin dort tat. Als sie bemerkte, dass er ihre Blicke entdeckt hatte, erschrak sie und wandte sich wieder zurück zur Unterhaltung.

Das Amphetamin lag, offen verfügbar für alle, auf dem Tisch. Jeder nahm sich gelegentlich etwas davon und sog es gierig in sich hinein. Der Raum stank nach Bier, Qualm und dem Speed. Ein Raum, den Dionysos selbst auserkoren hätte, um eines seiner Feste zu geben. Die Gespräche wurden lauter und schneller, sie redeten im Grunde über alles und nichts, aber hatten viel Spaß dabei. Martin und Eva unterhielten sich über Strafzettel, Falschparker, die Sonne und wie man die beste Hühnerbrühe hinbekam.

Zahllose Bierdosen standen inzwischen auf dem Wohnzimmertisch. Erst jetzt merkte Martin, dass seine Blase sich dringend entleeren wollte. Er entschuldigte sich bei Eva, dass er austreten müsse, und verließ den Raum.

Martin befand sich in einem großen Flur. Die Gespräche aus dem Wohnzimmer hinter ihm waren kaum noch zu hören. Vor sich sah er, ein Stück weiter runter, einen kleinen Durchgang, in dem sich auch das Gäste-WC befinden sollte. An der Türe eingetroffen bemerkte er, dass sich direkt daneben die Türe zum großen Badezimmer befand. Schulterzuckend ging er in das Gäste-WC.

Die Türe lag schief in den Scharnieren, was dazu führte, dass sie an der Seite der Scharniere nicht vollständig geschlossen werden konnte. Es blieb immer ein Schlitz von zirka zwei bis drei Zentimetern, egal wie sehr Martin versuchte, die Tür zu schließen. Da sich die beiden Badezimmer schräg gegenüber voneinander befanden bemerkte er, dass man das große Badezimmer durch den Spalt sehen konnte. Martin nahm es zur Kenntnis, zuckte mit den Schultern und beachtete es nicht weiter. Seine Hose spannte seit gefühlten Stunden und er dachte immer noch an Eva, wie sie zusammen auf dem Boden liegend verschmelzen würden. Seufzend erleichterte er sich in die Toilette, ließ den harten Strahl gegen die Innenfläche des WCs prallen und merkte langsam, dass das Druckgefühl in seiner Blase verschwand. Für einen kurzen Moment dachte er darüber nach, sich gleich hier auch auf andere Weise zu erleichtern und gab dem Impuls nach. Martin schob seine wieder hochgezogene Hose wieder ein kleines Stück weiter nach unten und griff zu dem prallen Schwellkörper, der ihn schon seit gefühlten Ewigkeiten nötigte, etwas dagegen zu unternehmen. Er fing an zu pumpen, die schiefe Tür zu seiner Linken. Martin sah etwas im Augenwinkel und blickte zum Türschlitz. Sein erigiertes Glied in der Hand, drehte er sich komplett Richtung Türschlitz und entblößte sich demjenigen, der auch immer dort stehen mochte.

Es dauerte nicht lange, da erkannte er Eva, die sich im Dunkeln des großen Badezimmers befand und ohne jede Rücksicht masturbierte. Sie bemerkte nicht Martins Blicke, sondern war voll und ganz auf seine Schenkel fixiert und was sich dazwischen befand. Martin kicherte innerlich und beschloss, ihr eine kleine Show zu bieten. Er streichelte seinen Schaft, befeuchtete seinen Zeigefinger mit seiner Zunge und strich mit ihm sanft über seine Eichel. Er umschloss seine Erektion mit der ganzen Hand und begann, wieder zu pumpen. Eva musste bis auf das Äußerste erregt gewesen sein, denn das Flitschen Hand, die über ihre Scham glitt, war bis zum Gästebadezimmer zu hören. Die Geräusche, die ihre nasse Scham erzeugte, erregte Martin so sehr, wie er es schon lange nicht mehr gewesen war. Er konnte deutlich ihr sanftes Stöhnen, ihr schweres Atmen und die glitschigen Geräusche hören. Zwei Augenpaare starrten voller Gier auf die Scham des jeweils anderen.

Plötzlich war ein Plätschern zu hören und das gepresste Stöhnen von Eva drang noch lauter aus dem großen Badezimmer, bis in das Gäste-WC. Sie kam heftig und spritzte sogar dabei, was ein eindeutiges Zeichen für ihr Squirten war. Martins Hoden zogen sich zusammen und ein Schwall weißer Lust ergoss sich über seine Hand.

Beide starrten sich unentwegt durch den Türschlitz an, schnaufend und schwitzend wie wilde Tiere. Martin bemerkte, wie Eva mit hochrotem Kopf nach einem Handtuch griff und warf es auf den Boden, um die Pfütze schnell zu beseitigen. Beschämt grinste sie Martin verlegen an und schloss die Türe zum großen Badezimmer. Martin hörte den Wasserhahn und wie sie sich vermutlich die Hände wusch. Er tat es ihr gleich, wusch sich die Hände und trocknete mit etwas Toilettenpapier seinen Schaft und seine Eichel.

Draußen hörte Martin, wie sich die Türe des großen Badezimmers öffnete und wieder schloss. Die Luft war rein, damit er wieder in das Wohnzimmer zurückkehren konnte. Dort saß sie, mit zufriedenem und zugleich beschämtem Gesichtsausdruck. Der Abend wurde langsam wieder zum Tag und Martin verabschiedete sich nach Hause. Sie hatten niemals darüber gesprochen, aber jedes Mal, wenn Eva zu Besuch bei seinen Bekannten war, lieferte er ihr eine freche Show im Gäste-WC.

Martin hätte nie erwartet, so etwas zu fühlen. Nicht die Tatsache, beobachtet zu werden, reizte ihn, sondern dass ihn jemand so attraktiv fand, Moralvorstellungen über den Haufen zu werfen und das Bedürfnis zu verspüren, auf seinen Anblick zu masturbieren. Es war schön, sich begehrt zu fühlen.

Jacks Odyssee – Kapitel 1

Die Innenstadt war genau das, was man von so einem Drecksloch wie New Bork City erwarten würde. Gestank kroch aus den Deckeln der Kanalisation und Müll lag in den Gassen, entlang der Hauptstraße. Mit Neonreklamen bedeckte Hochhäuser streckten sich in den Himmel und versuchten sich gegenseitig in ihrer Höhe zu überbieten. Die Straßen waren verstopft mit Autos und die Luft war mit Abgasen verpestet. Regen ergoss sich über die Stadt und fand ihren Weg in jede erdenkliche Ritze der Straßen und Kleidungen.

Gehetzt sah sich Jack um, auf der Suche nach der richtigen Adresse. In seinem Augenwinkel sah er an einem Gebäude die Aufschrift "Catalonia's Bar" auf der anderen Straßenseite und blieb stehen. Unbeeindruckt vom stehenden Verkehr, überquerte Jack die Straße und näherte sich der heruntergekommenen Eingangstür. Der Eingangsbereich roch scharf nach Urin und Erbrochenem und ein Gemisch aus Alkohol, Tabakrauch und ranzigem Schweiß drang aus der halb geöffneten Türe. Ein schlecht gelaunter Kater einer gebuchten Sicherheitsfirma stand mit seinem billigen, dunklen Anzug vor dem Eingang und paffte seine Zigarre, die ihm schräg im Mundwinkel hing. "Wieder ein langer Abend geplant, Jack?", brummte der großgewachsene Kater. Ohne weiter auf die Frage weiter einzugehen, betrat Jack die Bar und ging Richtung Theke.

Musik tönte in geringer Lautstärke einen alten Hit von vor 20 Jahren durch die großen Boxen der kleinen Tanzfläche und die bunte Beleuchtung schickte immer wieder blitzende Lichtpunkte in Jacks Augen.

"Ich suche Marc. Ich weiß, dass er hier gestern gewesen ist", sprach Jack die charmant bekleidete Bar-Dame auf seinen Kumpel an. Diese hatte ihn zuletzt am Vorabend betrunken mit einer Pudeldame rausgehen sehen und ließ es sich nicht nehmen, das eine oder andere Detail seiner Handgriffe an dem Gesäß der Pudeldame zu erörtern. Jack sprach noch einige der Stammgäste an und es stellte sich heraus, dass

Marc wohl ein Motel aufgesucht haben muss. Was der bedauernswerte Marc wohl zu dem Zeitpunkt noch nicht wusste war, dass es sich bei der Pudeldame eigentlich um eine Art Schwarze Witwe handelte, die im Auftrag dubioser Vereinigungen und Organisationen handelte. Ihre Ziele tötete sie nach dem Sex und entfernte zum Schrecken aller die Genitalien Ihrer Opfer. Erkennungsmerkmal, dass sowohl bei ihren Klienten als auch bei den potenziellen Opfern für Schrecken sorgte. Marc hatte ein Talent dafür, Ärger magisch anzuziehen. Kleinere Drogengeschäfte und Kurierdienste für dubiose Gestalten waren für ihn etwas ganz Normales. Jack hingegen hatte sich erst kürzlich beim Militär eingeschrieben und blieb den Machenschaften seines Freundes fern.

Jack sprintete aus der Bar, überquerte die Straße zurück zu einem heruntergekommenen Auto und stieg ein. Er ließ den Motor an und mit einer ruckenden, stoßartigen Erschütterung setze sich das Fahrzeug in Bewegung. Scheiße, so werde ich das nicht schaffen, dachte Jack, während er sich durch den stockenden Verkehr kämpfte. Er griff in die Innentasche seiner abgetragenen Jacke, zückte sein Mobiltelefon und wählte Catrinas Nummer. Zwei endlose Signaltöne später meldete sich eine zarte Frauenstimme. "Jack? hast du ihn gefunden?".

"Nein, ich war gerade in der Bar. O'Johns hat mir die Adresse von einem Motel gegeben, zu dem die beiden gefahren sein sollen. Scheiße! Hoffentlich bin ich rechtzeitig da", sagte Jack gestresst. "Pass auf dich auf, Jack. Das Miststück ist unberechenbar", sagte Catrina besorgt und legte auf.

Als sich Jack dem Motel näherte, sah er bereits aus der Ferne die blinkenden Lichter der Einsatzwagen. NBCPD und einige Krankenwagen standen unsortiert auf dem Parkplatz des Motels und aufgeregte Beamten liefen durcheinander zwischen den Fahrzeugen. Einer der Beamten spannte gerade das Absperrband um den Eingangsbereich der Motelzimmer und ein anderer hing seitlich über der Motorhaube eines Polizeiwagens und erbrach sich. Jack stellte seinen Wagen neben dem erschöpften Polizisten, dem immer noch Rotz aus der Nase hing und stieg aus. Mit hektischen Blicken lief Jack zum Absperrband, stieg hinüber und lief weiter Richtung einem Zimmer, vor dem die meisten Beamten standen.

Jack betrat das Zimmer und sofort stieß im der Gestank von frischem Blut entgegen und entsetzt weiteten sich seine Augen. Sein Magen verkrampfte und er erbrach gleich an Ort und Stelle. Er wischte sich den Mund mit seinem Ärmel ab und betrachtete sich das Zimmer.

Es war klein. Zu seiner Rechten ein blutüberströmtes Bett mit einem totem Marc darauf liegend, ein mit Blut vollgesogener Teppich und zu seiner Linken stand ein altmodischer kleiner Fernseher, in dem ein billiger Porno lief. "Nein, bitte nicht!!", flüsterte Jack heiser. Die Welt schien unter Jacks Füßen nachzugeben und er wurde ohnmächtig.

Jahre vergingen, in denen Jack sich in seinen Militärdienst stürzte und sein komplettes Leben vernachlässigte. Immer häufiger versackte er in Kneipen mit seinen Kameraden und lies sich dazu überreden, Catnip zu probieren. Die Beziehung zu Catrina ging in die Brüche, weil er sich immer weniger blicken ließ und abweisender wurde. Feiern funktionierten nur noch mit Alkohol und Catnip und halfen ihm beim kurzweiligen Vergessen der grausamen Bilder, aus jener Nacht im Motel. Durch seine Catnip-Sucht verblassten die Erinnerungen an das Motel-Zimmer und seinen darin liegenden toten Freundes, aber auch die Momente mit Catrina, die ihm immer so viel Kraft gaben, gerieten immer mehr in Vergessenheit.

Immer öfter sah man Jack in den dunklen Ecken von Catalonia's Bar. Gefangen im Strudel aus Depression und Wut, mehrten sich mit jedem seiner Besuche die Getränke auf seiner Rechnung. Er schloss fragwürdige Bekanntschaften, verschlief immer häufiger seinen Wachdienst in der Kaserne und griff zuletzt auch während seiner Dienstzeit zum Catnip.

Jack saß auf seinem Kapitänsstuhl an Bord der United Felis Spacecraft Aoshima. Gedanken und Eindrücke von früher drängten sich ihm, so wie auch heute, wie wildgewordene Insekten auf. Völlig high vom

Catnip und gefangen in seiner Lethargie, starrte Jack durch die Scheibe in das schwarze Nichts des Weltraums.

Eine gedämpfte Stimme versuchte ihm etwas zu sagen, aber es kam nur ein unverständliches und sonores Gemurmel bei Jack an. Jacks Sinne waren völlig überreizt und das Surren der Konsolen vor ihm, verursachten ihm Kopfschmerzen. Eine graue Gestalt kam bedrohlich auf ihn zu. Wieder hörte er das sonore Gemurmel und erkannte etwas in seinem Augenwinkel. Hatte er da ein Mastelois gesehen?

Ein ohrenbetäubendes Kreischen durchbrach das Gemurmel der grauen Gestalt. *shriek*

Seine Sinne nahmen unkontrolliert Reize auf, ohne sie richtig verarbeiten zu können. *shriek*

Sein Puls und seine Atmung beschleunigten sich. *shriek*

Jack griff in die Armlehnen seines Stuhls und blickte verwirrt umher. Wo verdammt nochmal kommen jetzt diese scheiß Mastelois her? dachte sich Jack. *shriek*

Eine Berührung am Arm ließ ihn zusammenzucken. Die graue Gestalt von eben stand nun deutlich näher und wieder das Gemurmel. Messerscharfe Zähne und ein übler Mundgeruch stießen Jack entgegen. *shriek*

Jack sprang von seinem Stuhl auf und griff nach einem vor sich liegenden Gegenstand, um den Angreifer in die Flucht zu schlagen. Auf dem Boden lagen leere Beutel und Unmengen an benutztem Catnip, dass immer noch vom letzten Aufbrühen tropfte. *shriek*

Stolpernd navigierte Jack durch die von ihm verursachte Sauerei und stürzte Richtung der grauen Gestalt, die gekonnt wie ein Raubtier seinem Angriff auswich und Jack zu Boden stieß. *shriek*

Jack bemühte sich wieder auf die Beine, bereit für einen erneuten Angriff, aber von der grauen Gestalt war nichts mehr zu sehen. "Na warte Ungeziefer, wenn ich dich in die Finger bekomme, zerlege ich dich in deine kleinsten Bestandteile!", brüllte Jack der verschwunden Gestalt nach. *shriek*

Mit einer unsagbaren Reizüberflutung konfrontiert und dieses ständige Kreischen im Ohr, kämpfte sich Jack einen langen Flur entlang. Die Wände sonderten einen merkwürdigen Schleim ab, der Jack daran hinderte, sich abzustützen. *shriek*

Immer wieder stolperte er über auf dem Boden liegende Gegenstände und die schleimigen Wände gaben ihm viel zu wenig Halt, um schnell genug der Gestalt hinterherjagen zu können. *shriek*

Am Ende des Flurs angekommen, sah er sie. Nicht viel größer als er, grau und wieder am Murmeln, stand die Gestalt in der hintersten Ecke des am Ende liegenden Raumes. Die Gestalt umgab ein Wust aus schwarzfarbenen, Gedärm artigen Strukturen. Das Kreischen, welches nun unerträglich laut war, bohrte sich tief bis in sein Knochenmark. *shriek*

Jack sah, wie sich etwas in seinem Augenwinkel bewegte und schrie "DA bist du!". Mit einem Satz stürzte sich Jack in ein schwarzes Gedärm und schlitze, wie ein Wilder. Er brüllte wie ein Wahnsinniger, lachte abwechselnd mal leise und mal herzhaft. *shriek*

Jacks Kopf explodierte und es wurde schwarz vor seinen Augen. *shriek*

Jacks Odyssee – Kapitel 2

Es roch nach Desinfektionsmittel und sein Arm schmerzte. Jack öffnet die Augen und wurde augenblicklich vom gleißend hellen Licht der Deckenleuchten geblendet.

Neben ihm saß Steve, sein Navigator und derzeit einziger Freund. Sein grau mustertes Fell überwog die zwischendurch aufkommenden weißen Flecken in seinem Gesicht, aber verliehen ihm diesmal mehr Aussagekraft, in seiner Wut. "Scheiße Jack. Da hast du ja ganze Arbeit geleistet.", brüllte Steve ihn an, immer noch völlig außer sich.

"Lass mich in Ruhe du Flohzirkus. Was weißt du denn schon?", fuhr Jack seinen Navigator an. "Ist der Mastelois noch an Bord?".

"Jack, es gab nie ein Mastelois auf unserem Schiff. Der Alarm für die wöchentliche Wartung ist angegangen und plötzlich bist du völlig durchgedreht. Verdammt, du hast versucht mich anzugreifen und hast nicht auf mich gehört.", sprach Steve und bemühte sich, nicht seine Fassung zu verlieren. "Ich hatte mich in den Maschinenraum zurückgezogen, um dir deinen Freiraum zu lassen. Du bist mir gefolgt und hast auf dem Weg dorthin die frisch gestrichenen Wände demoliert und die Farbeimer umgeworfen. Du hast vor mir gestanden und ich wollte versuchen dich zu beruhigen. Da greifst du plötzlich wie in Irrer die Kühlschläuche und sonstige Kabel der Lebenserhaltung an und riskierst, dass wir im offenen Weltraum draufgehen!!". Steve hatte sich in Rage geredet und spuckte bei jedem Wort. "Für das Protokoll: Ficken Sie sich ins Knie, Captain!" blaffte er, drehte sich um und verließ die Krankenstation.

Jack starrte Steve völlig verdattert hinterher und kratze sich am Kopf. Er beschloss, dass die Behandlung abgeschlossen sei, entfernte sich selbst die Braunüle und klebte ein Pflaster auf die Einstichstelle.
Die Beleuchtung wechselte zu Rot und der Alarm ertönte.

"Steve, was zum Teufel ist da los?" rief Jack aus der Krankenstation heraus.

"Da kommt etwas auf uns zu, Jack". rief Steve zurück. "Und es ist groß. Es ist ein verdammtes Raumschiff. Es steht etwas drauf, in UNSERER SPRACHE?!".

Jack glaubte sich verhört zu haben. "Willst du mich auf den Arm nehmen? Wer soll hier bitte ein Rumschiff haben? Wir sind doch nicht ein einem verdammten Science-Fiction-Film!".

"Dann erklär das mal DEM da, Jack." antwortete Steve völlig überwältigt.

Im Kontrollraum angelangt, stellte sich Jack an den zitternden Steve, der wie gebannt auf das Spektakel sah.

Aus der Ferne kam in einem unglaublichen Tempo etwas auf die Beiden zu das ähnlich aussah, wie ihr eigenes Raumschiff. Jeglicher Logik widersprechend, näherte sich das Raumschiff dem ihren und initierte ein Manöver, um an der Aoshima anzudocken.

"Steve, jetzt schalte doch endlich mal den verdammten Alarm aus". befahl Jack. Ein missmutiges Knurren war die Antwort darauf. "Wir müssen zur Ladebucht und unseren Gast empfangen. Vergiss die Gewehre nicht." befahl Jack erneut.

Nachdem sich der erste Schock gelegt hatte und beide in der Ladebucht eingetroffen waren, folgte sogleich der Zweite. Jack und Steve starrten gespannt und zu allem bereit auf die Türe der Ladebucht.

Ein Signalton und das Zischen der pneumatischen Türen kündigte an, dass sich die Bucht gleich öffnen wird.

Die Gewehre geladen und entsichert im Anschlag, fixierten beide die sich öffnende Türe.

"Jack, endlich habe ich dich gefunden!", knisterte eine verzerrte Stimme durch die Lautsprecher des Comms. Jack brüllte "Nehmen Sie die Hände hoch und drehen Sie sich um. Ziehen Sie Ihren Helm aus und keine plötzlichen Bewegungen!" Der Raumanzug tat wie ihm befohlen.

„Hallo Jack, lang nicht mehr gesehen!"

Jack konnte seinen Augen kaum trauen und war das erste Mal seit langer Zeit so richtig sprachlos. Vor ihm stand Catrina. Sie ist gealtert und man sieht leicht graue Strähnen, die sich insbesondere um ihre Schnurrhaare gebildet haben. Sie war noch immer wunderschön und hatte nichts von ihrer damaligen Eleganz eingebüßt.

Nach der Begrüßung brauchten alle einen Kaffee. Catrina erzählte vom schnellen Fortschritt der Technik, als die Wissenschaftler in der Heimat das Potenzial für Raumfahrten deutlich besser verstehen konnten, da Jacks Schiff in regelmäßigen Abständen Unmengen an Daten sendete und so die Raumfahrt revolutionieren konnte.

Sie erzählte auch, dass es inzwischen auch kriminelle Organisationen in den Weltraum geschafft haben und die Schwarze Witwe nun hinter Jack her sei.

Plötzlich musste Jack wieder an seinen Freund Marc denken, der wie ein Weidevieh auf der Schlachtbank im Bett des Motel-Zimmers gelegen hatte. Er verdrängte die Gedanken schnell wieder.

Stunden vergingen, in denen sie sich unterhielten und Catrina die fast schon absurd klingenden technischen Fortschritte des Heimatplaneten und die damit neu entstandenen Konflikte beschrieb.

Acht Jahre waren in seiner Heimat vergangen, seitdem er sie verlassen hatte. Jack erinnerte sich an die Kurse, in denen insbesondere auf das Altern im Raum eingegangen wurde.

Die Zeit relativ zum Verhältnis zur Geschwindigkeit steht. Die Relativitätstheorie besagt unter anderem, dass die Zeit keine konstante Größe ist, sondern dass sie schneller oder langsamer vergeht: und zwar unter anderem abhängig von der Geschwindigkeit. Je schneller sich also ein Flugobjekt bewegt, desto langsamer vergeht die Zeit an Bord.

Die Erkenntnis, dass acht Jahre vergangen sein sollen, entlud sich in Jacks Kopf wie eine Bombe. Seine Ohren zuckten nervös, während er die Erkenntnis verarbeitete, dass Catrina deswegen so deutlich gealtert war.

Kriege wurden nun nicht mehr nur auf dem Planeten ausgetragen, sondern auch auf dem Mond und im Orbit des Planeten. Der Rüstungswahn der Nationen führte dazu, dass kriminelle Organisationen immer mehr an Einfluss gewinnen konnten und fanatische Organisationen wie Kirchen, Sekten und Kulte nun die Möglichkeit hatten, ihren Unsinn auch im Weltraum zu predigen. Es gibt viele, die ganz gehörig etwas dagegen haben, dass Jacks Mission ein Erfolgt wird und somit die Glaubensgrundsätze aller lebenden Wesen auf seinem Heimatplaneten auf den Kopf gestellt werden würden.

Jacks Odyssee – Kapitel 3

Ein Rumpeln war zu hören und der Alarm für Gefahr sprang an. Trümmer von furchterregender Größe waren zu sehen. Wrackteile knallten an die Bordhaut und erzeugten einen ohrenbetäubenden Lärm. Sie sprinteten zum Kontrollraum, wo Steve sofort gehetzt an seiner Konsole tippte und verzweifelt versuchte den Ionenantrieb zu deaktivieren. Es gab ein Surren und plötzlich war es still. Der Ionenantrieb ist deaktiviert und zum Erstaunen von Jack und Catrina hatte es Steve tatsächlich noch rechtzeitig geschafft, vor einem besonders großen Wrackteil zum Stehen zu kommen. Eine unbehagliche Stille machte sich breit, während sich alle die Verwüstung betrachteten, die sich ihnen bot. Etwas, was wie die Flurwand eines Raumschiffes aussah, trudelte an ihren Augen vorbei. Aufgeschreckt und voller Adrenalin, betrachtete Jack sich das Trümmerteil genauer. "Mist, das sieht echt übel aus", sagte Catrina und drehte sich zu Jack. "Wie kann etwas so Großes zerstört worden sein, ohne dass wir einen Notruf erhalten haben?" sinnierte sie weiter. "Ich habe nicht die geringste Lust, mich damit zu beschäftigen. Erkläre mir mal lieber, warum zum Teufel jetzt plötzlich jeder ein verdammtes Raumschiff hat UND warum finden wir hier Trümmer, mitten im Weltraum!" sagte er, sichtlich in seinem Ego gekränkt. "Ich bin auf dieser Reise, damit ich angebetet werden kann und nicht, um im Müll zu spielen", murmelte er zynisch. Catrina drehte sich wortlos um und blieb Jack eine Erklärung schuldig.

Ein durchtrennter Körper knallte gegen das große Fenster und verweilte für einige Sekunden dort. "Oh, den hat's aber übel erwischt" stellte Jack fest. Catrina starrte fassungslos zum durchtrennten Körper. Ein Kloß bildete sich in ihrem Hals und ihr wurde schlecht. Sie stürmte zur Toilette, erbrach und wischte sich mit zitternden Pfoten das Gesicht sauber.

Jack stand in der Türe der Toilette und legte seine Pfote auf ihren Kopf. "Daran gewöhnt man sich..." sagte er knapp und ging zurück in die Brücke. Was ist nur mit dir passiert, dass du nicht mal mehr das Leben schätzt, grübelte Catrina.

Steve versuchte nach Lebenszeichen zu suchen und tippte hektisch in seiner Konsole. "Jack, ich habe hier was. Es lebt und es ist groß. Vielleicht die Ladung oder Fluchtkapseln mit der Crew. Ich werde versuchen, uns etwas näher heranzubringen."

Nach nur wenigen Minuten war auch mit bloßem Auge zu erkennen, dass nicht die Crew oder irgendeine Fluchtkapsel war, was mitten im Weltraum schwebte.

Es war eine obszön fettleibige, gelb-grüne Gestalt. "Igiiiiiit! Was ist das denn?!" fragte Catrina angewidert. "Ich habe nicht die geringste Ahnung" antwortete Jack verwirrt.

Das Ding, dass so groß wie mehrere Hochhäuser war, bewegte sich unbekümmert durch den luftleeren Raum.

"Was auch immer es ist, es sieht ziemlich trottelig aus, wie es da grinsend rumsteht und sich die Nase reibt", stellte Catrina fest. "Cat, ich glaube das ist keine Nase..." erwiderte Jack. "Was soll das denn sonst.... oh... ihhh... wie anstandslos!". Jack und Steve brüllten vor Lachen und wischten sich die Tränen aus den Augen. "Ihr spinnt doch. Das ist hier der erste dokumentierte Kontakt zu einer außerirdischen Lebensform und ihr reißt Witze?". Catrina war zutiefst beleidigt.

Steve grinste, spitze die Lippen und sprach geschwollen mit ausgestreckter Brust, als würde er in einem Hörsaal voller Studenten eine Vorlesung zum Besten geben.
"Man sagt, dass ein Regenmacher sich mehrere Jahre selbst stimuliert, bevor er sich auf den Planeten seiner Wahl entleert..., wenn er dies tut, fällt eine bisher nicht überprüfte, ätzende Flüssigkeit auf den Planeten, bis dieser vollkommen ausgelöscht ist. Angeblich sollen nach einigen Jahrzehnten, wenn nicht sogar Jahrhunderten, weitere Regenmacher aus dem bewässerten Planeten schlüpfen, wie aus einem Ei. Bei diesem Wunder der Geburt bleiben unglücklicherweise nicht viele übrig, da sie sich gegenseitig verspeisen, bis sie dann letztendlich herangewachsen sind, um sich auf ihre Reise mit unbestimmten Ziel zu machen" erklärte Steve mit künstlich näselnder Stimme und brach wieder

in schallendes Gelächter aus. "Das ist das ekelhafteste, was ich je gehört habe" protestierte Catrina.

"Wie dem auch sei, wir müssen an ihm vorbeikommen, ohne dass er uns bemerkt. Wir wissen nichts über die Feindseligkeit und erst recht nichts, wie es auf kleine Schiffe aus Stahl reagiert. Wir können auch nicht mit Sicherheit sagen, ob die Crew des Wracks einfach einen Auffahrunfall hatte oder ob das Ding sich daran ausgetobt hat", sprach Jack nachdenklich.

Schon wieder ertönten die Alarme und Jack verdrehte völlig entnervt die Augen. "Das kann doch jetzt echt nicht euer verdammter Ernst sein!".

"Jack, ich befürchte ich bin nicht ganz unentdeckt geblieben, als ich auf dem Weg zu euch war.", sagte Catrina kleinlaut.

Sie sahen sich erschrocken an. In genau diesem Moment traf ein Lichtstrahl auf die Aoshima. Die Elektronik versagte abrupt und Steve versuchte alles Mögliche um sie wieder zum Laufen bringen. Er tippte hektisch und sah Jack und Catrina ganz verzweifelt und hilfesuchend an. "Steve, du kannst nichts dagegen unternehmen. Das scheint ein Raumschiff der Ornila-Organisation zu sein." offenbarte Catrina den beiden. "Es verfügt über einen unerreichbar potenten Lichtsog. Das heißt, dass dieses Raumschiff gerade gefangen genommen wurde. Es gibt kein Entkommen aus diesem Sog, die Technologie ist hochentwickelt."

"Erst die Tatsache, dass wohl offenbar meine ganze Heimat zu einem Cyberpunk- und Raumfahrtsparadies geworden ist, dann Aliens und jetzt auch noch ein Traktorstrahl wie bei Paw Trek?", flucht Jack völlig außer sich.

Die Aoshima setzte sich plötzlich in Gang und glitt ganz nah an das viel größere Schiff heran, bis es andockte. Die Drei sprinteten mit Gewehren in der Hand zur Ladebucht, wo sich schon langsam die Schleuse öffnete. Jack, der die Welt nicht mehr verstand und was zum

Teufel hier gerade passierte, wollte auf keinen Fall eine Niederlage hinnehmen.

"Wir kämpfen mit Allem, was wir haben! Ich lasse mich doch nicht von irgendwelchen Gremlins oder Alien-Heinis abknallen!" Er warf Steve seinen Quad Blaster zu und wetzte sich schleunig seine Krallen. Catrina stand regungslos da. Die Schleuse war beinahe geöffnet.

Catrinas Nase wurde augenblicklich weiß und ihre Augen weiteten sich.

Sie konnte es immer noch nicht fassen. So viele Reisen hatte sie bestritten und so oft hatte sie versucht, diesem widerwärtigen Wesen aus dem Weg zu gehen.

"Hallo Catey...." sprach eine sonore und zutiefst diabolische Stimme. Catrina erschrak und ihr stockte der Atem. Mit panischen Augen versuchte sie die Orientierung zu behalten, doch das dröhnende Öffnen der Schleuse vernebelte ihr den Verstand. "hAsT dU mIcH vErMiSsT, CaTeY?!!" dröhnte die Stimme. Catrinas Herz raste, übersprang jeden Schlag, der sie am Atmen hielt. "WARUM VERFOLGST DU MICH?" schrie sie der dröhnenden Stimme entgegen. Ihre Beine versagten und sie ließ sich zu Boden sinken, während ihr Atem mit einem Keuchen ihrer Lunge entwich. "Das ist die Schwarze Witwe, Jack. Sie ist hier, um uns zu töten...", wimmerte Catrina.

"hAsT dU mIcH wIrKlIcH vErGeSsEn?", dröhnte die Stimme der Schwarzen Witwe wieder durch die Comms. Polternd kamen Schritte näher Richtung Schleuse und ein Hecheln erfüllte die Luft mit Feuchtigkeit. Eine schrecklich entstellte Pudeldame, die nur entfernt den Canis zugeordnet werden konnte, stand vor ihnen. Jacks Körper glühte vor Anspannung und rang sich einige Worte ab: "Was willst du von uns?".

"IcH bIn MuLtA CaNiBuS, mEhR aLs NuR eInE UnD iM dIeNsTe DeR hÖcHsTsBiEtEnDeN!", sagte die Pudeldame kichernd.

Jack verstand kein Wort des wirren Geredes. Ihm war egal, was dieses irre Miststück für einen Auftrag hatte.

Catrina gewann ihre Fassung zurück und schrie auf: "Du krankes Schwein, hast meinen besten Freund gefickt und dann verstümmelt!". Multa Canibus betrachtete die panische Besatzung und hörte Catrina gelassen und ruhig zu:" DAS ist die mutierte Pudeldame! Die Verrückte tötete Marc. Ich habe Nachforschungen angestellt und herausgefunden, dass der derzeit Höchstbietende die Katho-Corp ist. Die setzen alles daran, deine Mission zu sabotieren, Jack"

Jack bekam Angst. Wie konnte er vom Militär in diese völlig absurde Situation rutschen, sein pelziger Hintern mitten im All, konfrontiert mit einem Ding? "Er war mein Freund!", brüllte Jack. Tränen liefen ihm über sein Gesicht. Ein Sog aus Verzweiflung und tiefer Trauer übermannte ihn. Canibus sah ihm direkt in die Augen, den Kopf leicht zur Seite geneigt. „Du? Du wolltest Marc retten? HAHAHAHA! Du kannst dich ja nicht mal selbst retten!! Armer kleiner Jack, dir bedeutete diese Freundschaft sehr viel, nicht wahr? Du Narr! Glaubst du ernsthaft du warst mir auch nur eine Sekunde lang auf der Spur? Oh nein, mein Lieber! ICH bin ein Profi und du bist ein Niemand, der einfach nur etwas zu viel Glück hatte, aber dein Glück ist jetzt vorbei! Ein Catnip-Süchtiger will mir was anhaben? Das ich nicht lache."

Wie zur Bestätigung ihrer Worte, lachte sie. Ein Geräusch, dass wie reißendes Metall in einem Sandbad klang und dazu führte, dass sich bei allen die Rückenhaare aufstellten.

Catrina sog scharf die Luft ein und konnte nur noch Jack anstarren, der völlig apathisch dastand und die Schultern hängen lies. Ein dunkles Knurren erklang aus dem hinteren Bereich der Brücke. Ein gellendes Keifen durchschnitt die Luft und Jack sprang Canibus entgegen. Gutturales Kreischen zerfetzte die angespannte Stille. Jack stürzte sich auf die mehr als doppelt so große Pudeldame, rammte ihr die Krallen in jede sich anbietende Körperstelle und biss sich für einen Moment in ihre Kehle fest, bis er mit einem gewaltigen Stoß von Canibus Ellbogen zu Boden ging.

Benommen kroch Jack zu einem mehrfach abgesicherten Schrank und signalisierte Steve und Catrina, auf Multa Canibus zu feuern.

Die drei lieferten sich ein erbittertes Feuergefecht, bei dem Steve einen Streifschuss erlitt. Schreiend fiel er zu Boden und hielt sich das Bein, während Catrina noch immer aus allen Rohren feuerte.

Jack konnte den Schrank nach gefühlten Ewigkeiten endlich öffnen und hielt den "Hadron Enforcer" in den Pfoten. Eine mächtige Waffe, die selbst eine durchgeknallte Multa Canibus sofort in ihre atomaren Einzelteile zerlegen würde. Catrina bemerkte, was er vorhatte und entschied sich kurzerhand für ein Ablenkungsmanöver. Sie malte sich in Bruchteilen von Sekunden verschiedenste Vorgehen aus, doch nur die wenigsten endeten mit Erfolg. Der Hadron Enforcer hatte so eine Kraft, dass die Waffe ohne Weiteres ein Loch in die Hülle des Schiffes reißen würde. Wenige Sekunden würden nur vergehen, bis ihnen im offenen All die Augen gefrieren und aus den Schädeln quellen würden. Bereits der erste Atemzug würde unverzüglich ihre Lungen gefrieren und bersten lassen. Die Waffe im Innenraum abzufeuern war absoluter Wahnsinn somit keine Option. Sie deutete Jack, sie wäre für Alles bereit. Komme was wolle.

Mit einem verzweifelten Kreischen stürzte sich Catrina auf Multa Canibus. Ihre Krallen bohrten sich tief in Multas Fleisch, doch es geschah nichts. Die Pudeldame schaute abfällig auf Catrina hinab und lächelte „niederes Gesindel... Was glaubt ihr eigentlich, wen ihr hier vor euch habt? Ihr seid meine Nahrung, mein Spielzeug, mein Zeitvertreib und nichts, im Vergleich zu mir". Ihr bestialischer Atem kroch in Catrinas Nase und mit einem heftigen Stoß wurde sie gegen die gegenüberliegende Wand geschleudert. Im Hintergrund legte Jack seinen Raumanzug an und betete mit jeder Sekunde, dass er schneller oder die Kreatur langsamer war. Mit einer Handbewegung gab er Steve zu verstehen, sich bereit zu halten. Jack schaute sich noch ein letztes Mal um, damit er auf Nummer sicher gehen konnte: Catrina war außerhalb der Ladebucht, also außer Reichweite. Steve stand ohnehin am Panel, womit er die Schleuse steuern konnte, also auch alles in Ordnung. Die Beine und die Hüfte begannen zu wippen. Was Außenstehende als „niedlich, goldig oder süß" empfanden, war in Wirklichkeit die Vorbereitung auf einen tödlichen Schlag. Das Wippen mit Hinterläufen und Hüften, pumpte Blut in die erforderlichen Gefäße. Geruch und Gehör wurden dramatisch verbessert, Adrenalin schwemmte den letzten Rest Vernunft aus dem Geist und die Pupillen erweiterten sich zu schwarzen Tellern. Mit jedem weiteren Wippen kitzelte das Adrenalin ein kleines bisschen mehr Wahnsinn aus Jack heraus. Erst begann er zu grinsen, zog die Mundwinkel nach hinten und offenbarte seine massiven Zähne. Einige zerfurcht, andere durch Stahl ersetzt und geschärft. Andere schienen noch halbwegs in Ordnung, waren aber durch die regelmäßigen Catnip-Trips bereits dunkel Gelb angelaufen.

Ein kleines bisschen noch, dachte er. Lass es mich fühlen, dieses Geschenk des Wahnsinns. Er fing an zu kichern und sein breites Grinsen wurde zur Fratze eines Wahnsinnigen, so wie der Krieg ihn vor vielen Jahren geformt hatte.

Los geht's, erahnte er mehr, als dass er wirklich dachte. Mit einer unfassbaren Geschwindigkeit schnappte er sich den Hadron Enforcer, sprang auf Multa Canibus und biss ihr in den Hals.

Sichtlich überrascht taumelte sie zurück. In Jacks Kopf schrie eine Stimme, die er schon sehr lange nicht mehr gehört hatte:
MEEHR…. GIB MIR BLUT… VIEL MEHR

Wie im Fieberwahn riss, schnitt, zerfleischte Jack, so gut es seine physikalischen Eigenschaften gestatteten, während Multa nun schreiend nach hinten taumelte und sich in die Ecke gedrängt fühlte. Jack lief Gefahr, sich vollends in dieser Situation zu verlieren, schaffte es aber noch zu Steve „JETZT!" zu schreien und setzte sich deinen Helm auf. Mit einem Knall schlossen sich vor Jack und Multa die Schleusen zum Panel, an dem Steve und Catrina mit weit aufgerissenen Augen standen.

Hinter den beiden Kämpfenden öffnete sich die Schleuse, die sie in den offenen Weltraum sog. Der Druckausgleich war nicht durchgeführt worden, weshalb sowohl Spacecat und die Kreatur mit einer gewaltigen Kraft aus dem Schiff katapultiert wurden. Benommen von der Wucht des Sogs, trudelte Jack mit verschwommenem Blick durch den Raum, während sich Multa erschrocken den Mund zuhielt und ihr die Augen gefroren.

Jack vermutete, dass auch Multa nicht mit dieser Gewalt gerechnet hatte. Er aktivierte sein Boosterpack auf dem Rücken und flog zur etwas weiter entfernten Multa Canibus. Mit vollem Antrieb und einer höllischen Geschwindigkeit, rammte er seinen Hadronen Enforcer Multa ins Maul und drückte ab.

Für einen Moment geschah nichts und Multa schielte schon siegessicher zu Jack, als plötzlich ihr Kopf anschwoll und mit einer heftigen Explosion ihr Körper geradezu vaporisiert wurde.

Mitgerissen von der Schockwelle, knallte Jack gegen die Außenwand der Aoshima.

Blut klebte an der Innenseite seines Helms und es waren deutliche Risse im Glas und Anzug zu erkennen.

Er hörte nichts mehr, außer einem Klingeln in den Ohren. Er sah nichts mehr, außer dem Rot seines eigenen Blutes. Er spürte nichts mehr, außer das letzte Stück Wahnsinn, was ihn in dieser Situation mal wieder seinen pelzigen Hintern gerettet hatte. Dann war nichts. Wie ein nicht enden wollender, traumloser Schlaf. „Wie viel Zeit wohl schon vergangen sein mag?" fragte er sich, dann driftete sein Verstand zurück in die Schwärze.

Jack öffnete die Augen und wurde wieder vom grellen Licht der Krankenstation geblendet. Er kniff sofort die Augen wieder zu und legte seine Pfoten schützend vor seine Augen. Ein vertrauter Duft stieg ihm in die Nase und er drehte sich in die Richtung, wo er die Quelle vermutete. Dort saß Catrina, mit ihrem Kopf auf der Kante des Krankenbetts gelehnt, atmete ruhig und schlief. Er zögerte kurz, doch dann legte er eine Pfote auf ihre Schulter. Ein Kribbeln und eine unglaubliche Zuneigung und Wärme durchströmte seinen Körper. Ein Gefühl, das er schon lange nicht mehr hatte.

Er bemerkte, dass er anfing zu schnurren und hörte augenblicklich damit auf als Catrina, ebenfalls schnurrend, die Augen öffnete. „Warum hörst du auf?", fragte sie noch ganz verschlafen. „Was meinst du?" entgegnete er völlig verlegen und mit glühend heißem Kopf. Sie nahm seine Pfote zu sich, legte sie sanft auf ihr Gesicht und sah ihn mit ihren wunderschönen Augen an. „Wie lange war ich weg?" fragte er vorsichtig. Eigentlich wollte er es nicht wissen.

Die Krankenstation seines Schiffes sah wie neu aus, der Boden war von altem Blut befreit worden und der penetrante Geruch von Ammoniak war auch nicht mehr vorhanden. Anstelle dessen, sah er auf eine voll funktionstüchtige Krankenstation. Es roch nach Hygienereiniger, Jod und Desinfektionsmitteln. Auf seinem Beitisch standen frische Blumen, und als er an sich hinabsah, bemerkte er saubere OP-Kleidung. „Jetzt sag schon. Wie lange war ich weg?", beharrte er aufdringlich. „Heute sind es ungefähr 4 Monate, Jack." Antwortete sie vorsichtig. „Du hast schrecklich viel Blut verloren, dein Auge mussten wir ersetzen und einige Krallen sind ebenfalls irreparabel zu Schaden gekommen. Deine Hüfte war zertrümmert und über die Bänderrisse möchte ich erst gar nicht anfangen zu reden" sagte sie hektisch, während sie nervös mit den Pfoten in der Luft herumfuchtelte, als würde sie irgendwie versuchen zu wollen, es damit irgendwie zu entschuldigen.

„Also bin ich jetzt ein Krüppel", murmelte Jack. „Nicht ganz. Wir hatten eine Menge Zeit, während du am Schlafen warst. Komm, ich helfe dir hoch". Ächzend richtete sich Jack auf, drehte sich vorsichtig zur Seite und versuchte aufzustehen. Er taumelte, verlor das Gleichgewicht und musste sich wieder hinsetzten. „Du hast lange Zeit gelegen. Gib deinem Körper etwas Zeit, um sich wieder an Bewegung und die Modifikationen zu gewöhnen" merkte sie an. „Modifikationen? Was habt ihr mit mir gemacht?", fragte er entsetzt. Catrina ging vorerst nicht weiter darauf ein.

Jack stürzte sich nun vom Bett, taumelte Richtung Spiegel und betrachtete sich. Dort, wo einmal sein Auge war, klaffte eine immer noch recht frische Narbe. Darunter befand sich das beste Model für Augenerstatz. „Selbstverständlich Military Standard" bemerkte Catrina. „Es wird noch einige Zeit dauern, bis wir auf der Seite die Wunde öffnen können, damit du wieder mit zwei Augen sehen kannst" ergänzte sie. „Ich fasse es nicht..." stotterte Jack. Er griff an seine Hüfte entlang und bemerkte elektrisches Surren und Knistern unter seiner Haut. „Ist es das, was ich denke?" fragte er knurrend. „Selbstverständlich..." setzte Catrina an, „Military Standard, nicht wahr?" ergänzte er. Sie nickte. Er betrachtete seine Pfoten und fuhr seine Krallen aus. Einige Krallen wurden mit einem sonderbaren Metall ausgetauscht, welches ihm nicht bekannt war. „Was zum Teufel ist das?" schaute er fragend. Sie führte weiter aus „Dies ist das High-End, was die Industrie zu bieten hat. Ein Prototyp mit einer eigens dafür entwickelten Legierung, machen diese ultraleichten Krallen zu einem sehr gefährlichen Spielzeug. Selbstverständlich..." „Military Standard, natürlich" vollendete er ihren Satz.

Einige Stunden sind seit dem Gespräch vergangen und Spacecat lag wieder auf seinem Krankenbett. Er schaute sich noch ein wenig um, stand auf, wackelte mit unsicheren Beinen zu einem kleinen Spint in der und zog sich an. Der Duft seiner Lederjacke schmiegte sich augenblicklich wieder um ihn, als hätte selbst seine Jacke ihn vermisst. Humpelnd bewegte er sich Richtung Brücke, wo in ein aufgeregter Steve ihn mit Tränen in den Augen begrüßte. Catrina beschwichtigte ihn und gab ihm zu verstehen, dass es gleich weiter gehen würde.

Mit einem knurrigen Stöhnen ließ sich Jack in seinen Stuhl fallen, schaute zu Catrina und zwinkerte. Er dreht sich zurück nach vorne und dachte „Ich werde angebetet. Wozu einen Planeten finden, der einen behandelt wie Götter, aber nicht wie eine Familie...", sprach es aber nicht laut aus. Stattdessen gab er das Kommando zur Zündung der Triebwerke, Richtung geheimnisvollem Planeten: "Steve, starte die Ionentriebwerke!" Sein Navigator antwortete mit einem unterdrückten Schniefen und drückte einige Knöpfe auf der Konsole, die sich vor ihm befand. Statisches Knistern erfüllte die Luft, das leise Summen der Triebwerke wurde zu einem Dröhnen und mit einem Knall setzte sich das Raumschiff in Bewegung.

Jacks Odyssee – Kapitel 4

Auf Jacks Heimatplaneten Basteton gab es schon seit vielen Generationen eine Legende, die besagt, dass auf einem fernen Planeten namens Erde seine Spezies wie Götter behandelt werden würde. Eifrig rekrutierten Behörden vielversprechende Kandidaten für ein ambitioniertes Raumfahrtprogramm, um den Wahrheitsgehalt der Legende zu überprüfen. Es gestaltete sich deutlich schwieriger, als man anfangs angenommen hatte. Neben den technischen Herausforderungen ein Raumschiff zu entwickeln, das den unwirtlichen Bedingungen in Weltraum standhielt und jahrelang, ohne Beaufsichtigung des Bordcomputers durch die vorhandene Crew navigieren konnte galt es, die physische Belastbarkeit der potenziellen Piloten zu ermitteln, um nur diejenigen auszuwählen, die den Ansprüchen gerecht wurden. In regelmäßigen Abständen wurden die Anforderungen an die Bewerber immer höher gesetzt, denn ohne eine vollumfängliche Eignungsprüfung und anschließender ganzheitlicher Ausbildung würde man es mit Besatzung kaum weiter als bis zum Mond von Basteton schaffen. Eine nahezu endlose Suche nach geeigneten Kandidaten nahm ihren Anfang. Jahre vergingen, in denen die Raumfahrttechnologie von den besten Wissenschaftlern optimiert wurde, nur die richtigen Kandidaten ließen auf sich warten.

Jack kam bereits mit jungen Jahren in das Militär. Als Sohn einer Familie, die aus lauter Ungezieferspezialisten bestand, strebte Jack Höheres an. Als Kind hatte er häufig seinen Eltern bei der Ungezieferjagd ausgeholfen, während seine Geschwister sich lieber um die Wette geprügelt hatten. Er lernte früh, effizient seine Bewegungen zu dosieren, um sie in einer plötzlichen Explosion aus Kraft so zu nutzen, dass kein Ungeziefer davonkommen konnte. Bastetons Ungeziefer war alles andere als eine lästige Freizeitbeschäftigung, sondern eine waghalsige Unternehmung. Gewisse Stadtteile, insbesondere die, in denen ein überdurchschnittliches Maß an Armut herrschte, hatten besonders damit zu kämpfen. Dort, wo Revierkämpfe zwischen den Feles und Canes in blutige Revierkämpfe ausarteten, kam es immer wieder zu Angriffen von Mostelois. Schmal gewachsene wilde Raubtiere, die sich am Müll der dort lebenden Feles und Canis bedienten und in seltenen Fällen sogar die schwächeren Jünglinge entführten und fraßen. Sie hatten listige Augen und rasiermesserscharfen Zähne, mit denen sie mit Leichtigkeit ihre Beuten finden und durch das noch junge und zarte Fleisch der Jünglinge beißen konnten. Widerliche Tiere, die nur Unheil über die Siedlungen brachten und Krankheiten übertrugen.

In seinen Jugendjahren kam es häufig zum Streit mit seinen Eltern, denn sie versprachen sich in Jack einen würdigen Nachfolger, wenn sie eines Tages in den Ruhestand gehen sollten, aber er sah dort nicht seine Zukunft: Er wollte die Welt verändern. Nach einem Streit mit seinen Eltern, der bisher der Heftigste war, entschloss sich Jack kurzerhand, zum Militär zu gehen. Schnell war klar, dass ein hoch ambitionierter Kater in die Reihen der stocksteifen Milchtrinker, so nannte Jack seine Vorgesetzten, eingetreten war. Sein Gehorsam und seine herausragenden Leistungen fielen allen auf und er wurde mit jahrelangem Training in verschiedenen Formen der körperlichen und geistigen Fitness belohnt. Man versprach sich viel. Jack genoss Lehrgänge in militärischem Kratz Maga, Einzelkämpferausbildung ohne Katzenstreu und Futterspender sowie geringfügige genetisch-bionische Optimierungen, die er im Laufe der Jahre verpasst bekommen hatte.

Jack erinnerte sich an die ständigen Überbeanspruchungen seines Körpers und die Tatsache, dass er mit jeder neuen Trainingseinheit seine eigenen Rekorde überboten hatte, was vor ihm niemand zu leisten bereit war. Es war nur eine Frage der Zeit, bis die ersten Verschleißerscheinungen seinem Körper zu schaffen machen würden. Nicht ein Mitbewerber vor ihm war jemals so über seine eigenen Leistungsgrenzen hinausgegangen. Kleinere Implantate, wie ein neues Hüftgelenk und synthetisch aufgewertetes, stabileres Muskelgewebe, verschafften Jack den kleinen aber feinen Vorteil, dann doch noch, mit ausdrücklichen Empfehlungen seiner Vorgesetzten, in die gehobene Laufbahn der Offiziere einzusteigen.

Sein erfolgreicher Abschluss von der Acatemy of Slicing Arts war nur der Anfang seiner äußerst erfolgreichen, akademischen Laufbahn. Neben seiner staatlichen Ehrung, der Überreichung seiner Zertifikate und anschließender Ehrenauszeichnung als Bester seines Jahrgangs, durch den Präsidenten der Vereinigten Feles höchstpersönlich, hatte er auch noch die heißeste Frau an seiner Seite, die man sich nur vorstellen konnte. Sie hatte grazile Beine, eine schmale Hüfte und ein scharf gezeichnetes Gesicht und war ein wahrer Traum für alle hormongesteuerten Kater, wie er auch selbst einer gewesen war. Einfach alles war perfekt.

Es folgten viele erfolgreiche Jahre: Kampfeinsätze im dunklen und dicht bewachsenen Kontinent der Felis Nigra, Trainings- und Schutzeinsätze im heißen und staubigen Land der Desert Cattus und letztendlich ein Jahresaufenthalt auf dem Schlachtkreuzer UFS Purrington, der ihm diese gegenwärtige Situation eingebracht hatte.

Nachdem First Lieutenant Jack Pawdridge zum Major befördert worden war, ging seine Beziehung zu seiner damaligen Partnerin endgültig in die Brüche, die Luft war einfach raus: zu viel Gefecht und zu wenig Zweisamkeit. Immer öfter wurde er unter Deck mit einer reichlichen Portion an Catnip intus erwischt und wie er völlig zugedröhnt auf dem Boden seiner Kajüte schlief, was ihn immer wieder Strafdienste unter dem diensthabenden Captain (O-6), einem widerwärtigen Masochisten, einhandelte und zuletzt nicht gerade wenige Abmahnungen.

Sein damaliger Freund und Vorgesetzter, ein aufstrebender Colonel bei der Navy und an Land stationiert, bemerkte seine Notlage und unterbreitete ihm ein Angebot, welches er niemals hätte abschlagen können: Er sollte sich für ein Raumfahrtprogramm bewerben, dass das Verständnis eines jeden Bewohners ihres Planeten auf den Kopf stellen würde. Hinter vorgehaltener Hand war von einem Himmelfahrtskommando die Rede, aber durch sein Empfehlungsschreiben, dass er dank seines Freundes bekommen hatte, blieb ihm nicht viel Zeit, die Gerüchte zu prüfen. Er würde als Held gefeiert werden und in die Geschichtsbücher eingehen. Das, genau das, war der richtige Job für ihn: Anerkennung, Frauen, Geld und ewiger Ruhm. Das alles würde Jack eines Tages bekommen. Mit seinen 32 Jahren war er auf dem Höhepunkt seiner beruflichen Laufbahn und nichts konnte sich ihm in den Weg stellen.

Seine Erinnerungen waren wie ausradiert. Je mehr er versuchte, sich zu erinnern und seine Augen zu öffnen, desto mehr schnitt ein scharfes Zischen durch seinen Kopf und ließ vor seinen geschlossenen Augen Blitze aufflackern. Jack hörte das Rauschen von Gesprächen. Die Menge an Stimmen machte es unmöglich, einzelne Wörter oder Gespräche herauszufiltern, sodass eine Blase aus Wortfetzendurch den Eingang eines altmodisch aussehenden Gebäudes gedrückt wurde.

Eine Pfote legte sich sanft in seine und zog ihn zärtlich in ein völlig überfülltes Restaurant. Jeder Tisch war mit einer Kerze ausgestattet, die im Wind der zwischen den Stühlen huschenden Kellner flackerten. Eine wahnsinnig hübsche Frau in einem Abendkleid aus roter Seide starrte ihn an. Ihre am Kopf zurückgesteckten Haare verliehen ihr das Aussehen einer Galasängerin. Jack näherte sich ihr, um den vertrauten Duft einzuatmen, den seine unbekannte Begleitung ausströmte. Er wollte ihr ein Kuss geben, doch da stürzte die Decke ein. Risse bildeten sich in den Wänden und Fenstern. Der Boden brach auf und ein beißender chemischer Geruch legte sich um sein Gesicht. Jack stolperte rücklings in einen Tisch, blickte in die friedlich speisenden Gesichter der anderen Gäste und erwartete jeden Augenblick einen harten Aufprall. Das geborstene Holz des Tisches gab nach und Jack stürzte durch den Boden, in einen niemals enden wollenden Strom aus Dunkelheit und Schutt.

Erschrocken öffnete Jack seine Augen. Auf dem Rücken liegend blickte er verwirrt umher. Er fühlte gläserne Wände und an seinem Körper klebte gelber Schleim. Panik stieg in ihm auf, als er das Gefühl bekam zu ersticken, und je mehr er seiner Panik verfiel, desto weniger Luft bekam er. Um Atem ringend bemerkte er, wie etwas seinen Hals würgte und sich einen Weg in seine Luftröhre bahnte. Verzweifelt schlug er gegen die gläsernen Wände, griff zu seinem Hals und bekam das würgende Ding zu fassen. Mit einem Ruck zog er an etwas, dessen Haut sich wie ein Reptil anfühlte. Es war geschuppt und fast nicht greifbar, seine Pfoten glitten über die Oberfläche des Angreifers und verloren den Halt.

Ein weiterer Ruck und er spürte, wie ein überraschend großer Gegenstand aus seiner Luftröhre gerissen wurde. Jack zog weiter und ergab sich der Agonie, die das Herausziehen des Gegenstands erzeugte. „Verdammt noch mal, ein wenig noch… Was zur Hölle ist das?", rief er erschrocken.

Mit einem verzweifelten kräftigen Ruck zog Jack das letzte Stück des angreifenden Gegenstandes heraus, welches ihm so vehement die Luft abschnüren wollte. Jack sog die Luft gierig ein, aber er erbrach gleich darauf heftig und traf dabei die gläserne Wand, die ihn wie ein Schaukasten umgab.

Einige Momente vergingen und er erkannte seine Kälteschlafkammer. Langsam erinnerte er sich wieder an den Tag, als er sich hineinlegte, der gelbe Schleim sich über sein Fell ergoss und er mit aufgesetzter Maske in einen tiefen Schlaf sank. Jack war zwar noch immer benommen, doch er konnte sich immer genauer seine Mission ins Gedächtnis rufen: die Erde. Ein blauer Planet, der 14 Lichtjahre von seinem Heimatplaneten entfernt war. Die Wissenschaftler stritten nur zu gerne darüber, wie es die Vorfahren geschafft haben sollten, diese bisher als unüberwindbar geltende Entfernung hinter sich zu bringen und die Erde zu bewohnen. Diesen und andere Punkte galt es zu klären.

Sein rot-weiß gestreiftes Fell war voll vom Schleim dieser Höllenkammer. Er glaubte, Urin zu riechen, und musste sich erneut erbrechen. Diesmal schaffte er es nicht, sich wegzudrehen, und spie voll auf seine Brust und seinen Bauch. „Na das wird ein Spaß, die Sauerei wieder herauszubekommen", sprach er mit heiserer Stimme und Tränen in den Augen zu sich selbst.

Schnaufend legte er seinen Kopf zurück und kam langsam wieder zu Atem. Geschwächt vom „Kampf der Titanen" hob er zitternd seinen Arm und hielt sich den merkwürdigen Angreifer vor die Augen. „Eine verdammte *CRAP-U*?" Jack lachte heiser, noch völlig erschöpft von seinem „Kampf".

Die „*Cardiac and Respiratory Arrest Protection Unit*", kurz *CRAP-U*, wurde schon seit Jahren zuverlässig eingesetzt, um im Kälteschlaf befindliche Zivilisten oder militärisches Personal am Leben zu erhalten. Vorfälle wie diese Fehlfunktion waren eine absolute Ausnahme.

Jack erinnerte sich an den Text des Handbuchs, mit der die Funktionsweise der *CRAP-U* und der Kälteschlafkammer:

Der Passagier legt sich zentral auf den Boden der Kammer und legt das in der Kammer befindliche Halsband an. Der dafür gekennzeichnete Druckknopf am Halsband muss aktiviert werden, um die automatische Einschlafsequenz zu starten. Über Injektionen, die vollautomatisch durch die sich im Halsband befindlichen Kanülen in die Halsvene gesetzt werden, fällt der Passagier unverzüglich in einen komatösen Zustand. Nach 5 Sekunden legt sich die Maske der CRAP-U über das Gesicht des Passagiers und führt beim schlafenden Passagier jeweils eine Sonde in Magen und Lunge ein, die den Passagier zuverlässig mit Atemluft und Nahrung versorgen. Der Körper des Passagiers ist nun stark sediert, sodass keine unfreiwilligen Schluck- oder Würgereflexe ausgelöst werden können. Somnus, eine gelbe, halbfeste Flüssigkeit, welche erst nach Einleitung der Schlafphase in die Kammer eingeleitet wird, drückt den Körper des Schlafenden in die Höhe und bedeckt ihn vollständig, bis die endgültige Schlafposition erreicht wird. Somnus ist zugleich Abfallentsorgung und Nahrungsquelle. Spezielle Enzyme verarbeiten Körperausscheidungen, verwerten und wandeln sie um, damit sich diese als Schutz um den Körper des Passagiers legen können und die Haut mit den notwendigen Nährstoffen versorgt werden kann. Kurz vor der Aufwachphase wird ein leichter, elektrischer Stromstoß verwendet, um den Körper auf das eigentliche Aufwachen vorzubereiten. Das Somnus wird abgelassen und die Kammer wird mit Atemluft geflutet. Der vollständig sedierte Körper bemerkt die automatische Entfernung der Sonden der CRAP-U nicht.

Bei 1 von 10.000 Aufwachphasen (0,01%), kann es zu irregulären Funktionsstörungen der Maske kommen.

Jack ärgerte sich über die „irreguläre Aufwachphase", entfernte das Halsband und fand über sich die Luke, mit einem vom gelben Schleim bedeckten Griff. Noch ein wenig desorientiert packte er den Griff und betätigte ihn, indem er ihn mit einer kurzen Bewegung nach links einrasten ließ.

Ein lautes Zischen war plötzlich zu hören. Der Deckel über ihm öffnete sich und es strömte alte, verbrauchte Luft in seine Kammer. Die Umwälzung für Frischluft lief gerade erst wieder an. Es machte keinen Sinn, die Energie für die Frischluftumwälzung zu vergeuden, wenn die Mannschaft sich im Kälteschlaf befand. Das konnte nur bedeuten, dass sein Kampf nicht mehr als wenige Minuten in Anspruch genommen hatte. Wie auf Kommando war plötzlich ein Surren zu hören und frische Luft drückte sich durch Ventilationsschächte, an der Decke über ihn. Jack richtete sich auf und warf einen Blick auf die andere Kammer, die schon längst geöffnet war. Sein Kopf schmerzte höllisch und er war verdammt schlecht gelaunt. Der kleine, kreisrunde Raum bot gerade so viel Platz, dass zwei Cryo-Kammern Platz darin fanden.

Ein gut erholter und bestens gelaunter, schwarz-grau gefleckter Kater begrüßte den abgekämpft wirkenden Jack ironisch grinsend:

"Hallo, Captain. Wie ich sehe, haben Sie außerordentlich gut geschlafen. Es gibt viele Dinge zu erledigen und die Checkliste für die Maschinendurchsicht müssen wir auch noch durchgehen." Steve stand an seiner eigenen Kammer und stellte etwas an der dort befestigten Konsole ein. Seine Uniform hatte er schon vor Ewigkeiten gegen einen blauen Pullover und angenehme Shorts ausgetauscht. Anstelle der vorgeschriebenen Stiefel trug er ein buntes, mit Blumenmuster versehenes Paar Hausschuhe, von denen er unzählig viele besaß, zumindest vermutete es Jack. "Bring mir erst mal einen Tee. Irgendwo müssen wir noch das gute Nepeta Cat haben. Das wird jetzt frisch aufgesetzt und erst DANN geht die Arbeit los", blaffte Jack seinen Navigator an. Der Navigator blickte ihn kurz fragend an und eilte dann Richtung Küche, wo auch schon nach wenigen Momenten kochendes Wasser zu hören war und der unverkennbare Duft von Katzenminze in der Luft lag.

"Captain, ist es nicht noch ein wenig zu früh dafür? Sie sind immer noch nicht ganz aus dem Kälteschlaf raus und wenn ich so an letztes Mal denke, als …", kam es aus der Küche. "Steve, verdammt … sieh zu, dass du deinen pelzigen Arsch aus der Küche schaffst und mir endlich meinen Tee bringst." Jack war sauer. Er hatte schon lange nicht mehr so eine furchtbare Aufwachphase gehabt. Genervt blickte er zur Küche, wo noch immer das Klappern von Steve zu hören war. Nicht besonders eingeschüchtert brachte Steve den Tee, den er prompt vor Jack platzierte, der sich inzwischen in dem Captains Chair auf der Brücke befand und sich derweil den letzten Rest des gelben

Schleims aus dem Fell knabberte. Neben ihm, auf dem Boden, lagen sein rotes Shirt und seine dunkelbraune Armee-Hose.

Steve wollte wieder ansetzen, noch immer beleidigt, dass ihm so grob das Wort abschnitten wurde: "Captain, bitte. Jack, dieser Schrotthaufen kann das nicht ewig so mitmachen. Bei der letzten Maschinendurchsicht hast du uns den Ionenantrieb gebraten, weil du auf Catnip gedacht hast, die Leitungen der Kühlflüssigkeit wären Mastelois und würden uns zerstören wollen würde und hast daraufhin, in einem Blutrausch, die Hälfte der Verkabelung zerfetzt. Ich bin bis heute nicht dazu gekommen, die Reparaturen vollständig und gewissenhaft durchzuführen. Wir brauchen dieses Mal Zeit, Geduld und einen klaren Kopf, um die Durchsicht zusammen durchzuführen."

Mit einer forschen Handbewegung erklärte Jack das Thema wortlos für beendet. Seine „Shima", wie er sie heimlich nannte, würde es schon aushalten. Das *United Felis Spacecraft Aoshima* war in seinen Augen nicht kleinzukriegen.

Jacks Kopf pochte immer noch, als würde ein Bulldozer versuchen, die Anordnung seines Gehirns neu zu sortieren. Vor Jack stand ein Teller mit widerlichem Weltraumfraß, dem neben der braunen Farbe der Geruch eines sterbenden Tieres anhaftete. Nicht identifizierbare Klumpen saßen in der braunen Pampe, die alles andere als appetitlich aussahen, aber sämtliche Bestandteile einer vollwertigen Ernährung mit sich brachten, die einem wissenschaftlich ausgearbeiteten zweckmäßigen Ernährungskonzeptentsprach. Farbe und Geruch kamen durch die Fermentierung zustande. Was dort genau fermentiert wurde, wollte Jack gar nicht so genau wissen und glücklicherweise konnte man dies auch nicht dem Bordhandbuch entnehmen.

Jack dachte für einen kurzen Augenblick darüber nach, den Cryo-Schleim als alltägliche Nahrung einzuführen, aber verwarf den Gedanken schnell wieder, da er bei weiten nicht die Nährstoffzufuhr liefern konnte. Seine dampfende Mahlzeit vor sich und das frisch gebrühte Catnip versprachen, seine Kopfschmerzen für den Moment zu vertreiben.

Jack beugte sich über den Catnip-Tee und zog mit seiner Nase einen Schwall dieses herrlichen Aphrodisiakums in sich hinein. Augenblicklich beschleunigte sich sein Puls, seine Pupillen erweiterten sich und er fühlte sich wie in Watte gepackt. Ein Wunder, dass du noch alleine den Weg zur Toilette findest. Zwei Jahre waren wir jetzt im Kälteschlaf und nichts hat sich geändert, dachte sich Steve. Er beobachtete mit einer Mischung aus Missgunst und Bewunderung, wie Jack sich seinem Rausch hingab und mit leeren Augen in den Weltraum hineinstarrte.

Das Raumschiff befand sich in der Umlaufbahn eines kleinen, grauen Planeten, dessen kahle Oberfläche das rote Licht seiner nicht weit entfernten Sonne reflektierte.

Es war Zeit, die Reise fortzusetzen und mit dem swing by-Verfahren, genügend Geschwindigkeit von dem kleinen Planeten zu leihen.
Dieses Konzept der Beschleunigung wurde schon seit Jahrzehnten von den Feles genutzt, um weit entfernte Planeten innerhalb des eigenen Sonnensystems zu erreichen. Dazu näherte man sich der Umlaufbahn eines größeren Körpers, wie beispielsweiseeinem Planeten, ließ sich ein wenig in das Gravitationsfeld ziehen und umrundete den Planeten eine bestimmte Strecke, baute so Geschwindigkeit auf und ließ sich kontrolliert in eine Richtung schießen. Idealerweise wurde dieses Verfahren zum Beschleunigen oder Drosseln verwendet.

Das sparte eine Menge Treibstoff und mit dem kraftvollen Photonenstrahlantrieb der UFSC Aoshima, konnten Geschwindigkeiten von sagenhaften Warp 0,1 erreicht werden.

Errechnete Positionen, die sich für das swing-by-Verfahren eigneten, flog die Aoshima per Autopilot an, während sich die Mannschaft im Kälteschlaf befand. Erst bei Eintreffen an der gewünschten Position wurde die Mannschaft geweckt, sodass der swing-by manuell durchgeführt werden konnte. Ein lästiges Unterfangen, wenn man die Tatsache berücksichtigte, dass der Autopilot das eigentlich selbstständig schaffen würde, aber die notwendigen Leitungen von Jack in seinem letzten Vollrausch gleich am Anfang der Reise so beschädigt wurden, dass eine automatische Langstreckenreise, wie eigentlich ursprünglich geplant war, nicht mehr möglich war.

Steve stellte sich an die Steuerkonsole, drückte einige Knöpfe und gab den Kurs ein. Jack war völlig in seinen Rausch versunken und bemerkte nicht, dass nun allerhand Kontrollleuchten aufflackerten und das Raumschiff ein kaum hörbares Brummen von sich gab.

Statisches Knistern erfüllte die Luft, das leise Summen der Triebwerke wurde zu einem Dröhnen und mit einem Knall setzte sich das Raumschiff über die Gravitation des Planeten hinweg. Sonnensysteme rauschten an ihnen vorbei, während vor ihren Augen Blitze züngelten und ionisiertes Plasma mit dem Magnetfeld der Raumschiffhülle reagierte. Die Fahrt wurde nach einer Weile etwas ruhiger und beide entspannten sich ein wenig. Jack saß noch immer high in seinem Stuhl und betrachtete, mit verträumtem Blick und weit geöffneten Augen, die vorbeiziehenden Systeme.

Steve drehte sich um, kontrollierte, ob Jack noch auf seinem Stuhl saß, und dachte nach: *Ich werde drei Kreuze machen, wenn wir aus dieser abgefahrenen Nummer wieder heil herauskommen.*